初恋料理教室

藤野恵美

JN210293

ポプラ文庫

初恋料理教室

序章

その料理教室は、大正時代に建てられた長屋にある。

京阪祇園四条《ぎおんしじょう》駅から徒歩で十分ほど。

阪急河原町《かわらまち》駅で降りるなら、鴨川《かもがわ》を渡って、大和大路通《やまとおおじどおり》を南下していく。あたりには古い町並みが残っており、昔ながらのかんざし屋や老舗割烹《しにせかっぽう》があったり、舞妓《まいこ》らしき女性のすがたを見かけたりして、昼間でも祇園の雰囲気を感じることができる。

だが、大和大路通をはずれ、細い道に入ると、途端に観光地のにぎわいはなくなり、住宅地が広がる。ひとびとの暮らす場所。生活のための空間。地元の人間しかおとずれないような道を進んでいくと、一本の煙突が空へと伸びている。昨今はめっきり少なくなった銭湯が、ここではまだ現役として活躍しているのだ。

情緒を感じさせる銭湯のとなりには、木製の黒い門構えがある。

そこが路地の入り口だ。

知らなければ、気づかずに通りすぎてしまいそうな狭い空間。

私的な空間と公的な空間との境目ともいえる路地には、独特の雰囲気がある。

路地の先は、行き止まりだ。京都では、通り抜けられる道のことを図子《ずし》という。対して、通り抜けができないようになっているのが、路地である。

長方形の青い空。薄暗くてひっそりとした路地。両脇につづく古びた長屋。

南側の一番奥の玄関には、暖簾《のれん》がかけられていた。軒先には緑があふれ、すみれ色のちいさな花が咲いている。

風がふわりと吹き抜け、格子戸の前で、暖簾が揺れる。

淡い藍色で染められた暖簾には、白抜き文字で「小石原愛子《こいしはらあいこ》の料理教室」とある。

やがて、出汁《だし》の匂《にお》いが漂ってきて……。

第一話

初恋料理教室

1

「ほんなら、次はお大根を面取りして、隠し包丁を入れていきます」

愛子《あいこ》先生の声に、四人の生徒たちは一斉に、大根へと手を伸ばす。

しかし、まだ、包丁は動かさない。まずは、愛子先生のお手本を見てからである。

愛子先生の手のなかで、包丁はすうっと流れるように動き、二センチほどの輪切りになった大根の角がくるりとむき取られていく。

「面取りは煮崩れをふせぐためにします。角がとがったままやと、火が通って、やらこうなったときに、そこから崩れやすいですから」

つづいて、大根には十字の切れ目が入る。

「隠し包丁は、片面だけに十字を入れるやり方と、裏面に縦、表面に横と交互に入れていくやり方がありますが、見た目の美しさを考えると片面だけに入れて、切り込みの入ってないほうを見えるように盛りつけるんがええと思います。切り込みの深さは、お大根の厚みの半分くらいで。浅すぎると意味がないですし、深すぎても煮崩れて割れてしまうんで気ぃつけてくださいね」

はんなりとした愛子先生の言葉に、四人の生徒たちはうなずいて、おのおの包丁と大根を手にさっき見た動きを真似《まね》ていく。

「隠し包丁をすることで、火の通りが早《はよ》うなって、味の染みもぐんとようなりますから、ひと手間かける価値はありますよ」

にっこり微笑《ほほえ》んで、愛子先生は生徒たちの慣れない手つきを見守る。

小石原《こいしはら》愛子先生は御年六十はゆうに超えていると思われるが、小柄ながらも背筋はすっと伸びて、凛《りん》とした存在感があった。身に馴染《なじ》んだ紬《つむぎ》の着物に、白い割烹着《かっぽうぎ》がとてもよく似合っている。

「そうそう、真渕《まぶち》さん、お上手」

愛子先生の言葉に、真渕智久《ともひさ》は照れ笑いを返した。

先生にほめられる、という経験は久しぶりで、なんだか面映《おもは》ゆい。

まさか自分が料理教室に通うことになるなんて、思ってもみなかった。

料理にはまったく興味がなかったのだ。学生時代は勉強ばかり、そして社会に出たいまは仕事に追われる日々。

智久にとって、食事は「栄養補給」にしか過ぎなかった。空腹を満たすため、体調を維持するために、必要なものを摂取する。智久が住んでいる左京区《さきょう》には学生街もあり、安くておいしい店に困らない。食材や調理器具や調味料などを一からそろえて自炊をするよりも、外食や弁当などを買うほうが経済的で合理的だと考えていた。

しかし、いまは……。

「これで下ごしらえはできました。コンロに火をつけてください。お鍋に油を熱して、鶏《とり》の手羽元を焼いていきましょう」

包丁とまな板は、生徒それぞれに用意されているが、コンロはふたりにひとつしかないので、ここからは分業となる。

智久は、いっしょに作業をしている佐伯《さえき》のほうをうかがった。

佐伯は髪を短く刈りこんだ五十がらみの男性だ。

料理教室で顔を合わせるのは、これで四回目である。

初回に自己紹介をしたときには、佐伯は既婚者だと言っていたが、仕事については話さなかった。愛想がなく、眉間《みけん》に刻まれた皺《しわ》や頑固そうな目つきは、職人的な雰囲気というか、一般的なサラリーマンではないように智久には思えた。

相手の職業、収入、ライフスタイルなどを、つい頭のなかで想像してしまうのは、智久の職業病のようなものだ。どんな暮らしをしているのか。家族構成はどうなっているのか。どんな家に住んでいるのか。

「真渕くんに火のほう、頼んでええかな。こっちは調味料をやるから」

「わかりました」

智久が鍋の用意をするとなりで、佐伯は計量スプーンを手に取る。

「先生、油はどれぐらいでしたっけ？」

「小さじに半分くらいですね」

実際に家で料理をする際には炒《いた》めるときの油など目分量で入れることになるだろうが、小さじ半分がどれくらいかという感覚をつかむためにも、教室ではきちんと量を計る。

「油、入れるで」

横から佐伯に言われ、智久は鍋の上に手をかざして、温度をたしかめた。

「あ、はい」

熱した鍋の上で油がさらりと広がるのを見て、智久は鶏手羽元を入れる。

「最初はいじらず、うまみを閉じこめるよう、じっくり焼き目をつけてくださいね」

愛子先生の言葉に、智久は菜箸《さいばし》を持つ手を止めた。

しばらく待ち、鍋と接している面にこんがりとした焼き色がついたのを確認してから、転がすようにほかの部分も焼いていく。

「お鍋がない場合にはフライパンでも作れますよ。フッ素加工のフライパンなら、油を引かへんでもできますし」

鶏の皮がはぜる小気味よい音が響いて、香ばしい匂いが漂ってくる。

「真渕くん、ちょっと火加減、強すぎへんか？」

自分の作業が終わった佐伯が、気になる様子で、鍋をのぞきこんできた。

「そうですね、もう少し弱めたほうがいいかも……」

智久はコンロのつまみをまわすと、強火と中火のあいだくらいに調節して、佐伯のほうをうかがう。

「これくらいでしょうか」

「ああ、そんなもんやろ」

佐伯は納得したように、うなずいた。

愛子先生から説明を受けたあと、実際に料理を作るときには、ふたり一組で調理台を使って、切ったり炒めたりという役割を分担することになっていた。前回は佐伯が炒める作業を担当したので、今回は智久に譲ってくれたのだろう。

智久のイメージでは、料理教室というのは結婚をひかえた女性が通うようなところだった。いわゆる花嫁修業だ。もしくは、時間に余裕のある専業主婦が、家で作る料理のレパートリーを増やすために通う。どちらにしろ、独身男性である自分には縁《えん》のない場所だと思っていた。

だが、意外にも、最近は男性が多いと、電話で問い合わせた際に愛子先生は言っていた。特に土曜日の夜に行われる初心者向けのクラスは、これまで台所仕事をしたことがないような男性を対象としているのだと説明され、智久も参加を決めたのだった。

料理を覚えて、いつか……。

夢みたいなことだと、自分でもわかっている。

こんなことをしても、無駄かもしれない。

それでも、智久は料理教室の扉を叩《たた》いた。

「そろそろ、お大根を入れてもよさそうですね。お大根を下茹《したゆ》でする場合には、米のとぎ汁を使うと、大根の甘みが増すので、覚えておくといいですよ。でも、今日はこってり味に仕上げますので、下茹でなしで入れてしまいましょう」

智久がさっき切った自分の分と、佐伯の分の大根を鍋に入れる。

「鶏をちょっと横によけて、あいたところに、お大根を並べるように……。そうそう、ええ感じ。できたら、お出汁を入れてください。ひたひたより、心持ち多めくらいで」

教室には大きな容器に昆布を入れた水がたっぷり用意されていた。

佐伯が計量カップで計って、鍋へと入れる。

「今日のお出汁は昆布にしましたが、ひたしておく時間がなければ、ふつうのお水でもかまへんです。骨付きのお肉からは、それだけで十分にうまみがでますから。あれば、干し椎茸《しいたけ》の戻し汁を使《つこ》うてもいいですよ。戻した椎茸をいっしょに炒めるとおいしいですし」

こういうアドバイスが、あとあと、自分で作るときにも役に立つ。智久は忘れないよう、しっかり記憶する。

「沸騰《ふっとう》したら、灰汁《あく》と余分な油を取ります。灰汁取り用のあみじゃくしがあればいいんやけど、今日はおたまを使ってください」

煮汁が沸騰して、細かな白い泡がぶくぶくと浮いてきた。泡は膜のようになって、広がっていく。

智久はおたまで煮汁の表面をそっとなでるようにして、灰汁をすくう。灰汁のついたおたまは、水を張ったボウルですすぐ。きれいになったおたまで、ふたたび、灰汁を取る。汚れが取り除かれ、煮汁が澄んでいくのを見るのは、気持ちがいい。薄茶色のべっとりとした灰汁が一度で大量に取れると、智久はささやかな喜びを感じた。

匂いに刺激されて、智久の胃袋がぐうっと空腹を訴える。

もうひとつのテーブルから、くすりと笑い声が聞こえた。

「おなか空きましたね、真渕さん」

計量カップを手にしたミキが、こちらを見て、悪戯《いたずら》っぽく笑う。

「いま、聞こえちゃいましたよ。もう少し、我慢、我慢」

ミキの恰好《かっこう》は、作りモノめいている。

フランス人形を思わせるふんわりとカールした栗色の髪、フリルのたくさんついたワンピースに、これまた装飾過剰なふりふりとしたエプロン、白いレース編みの長靴下。

ミキが身につけているものは、白とピンクが基本で、過剰なまでに乙女チックである。

羽ばたくような長いまつげ、ほんのり赤みのさした頰《ほお》、濡れた桜色のくちびるは、どこからどう見ても女性なのだが、たしか、この初心者クラスは男性を対象にしているはずで……。

ミキのすがたを見れば見るほど、疑問がぐるぐると渦巻いて仕方ない。

しかし、あなたは女性なのですか、それとも男性ですか、と訊《たず》ねることなどできるわけもなく、智久は深く考えることはやめて、こういうひとなのだと受け入れることにした。

「炒める係のおふたりは、火の番をしてくださいね。そのあいだに、佐伯さんとミキさんは、もう一品、準備しましょうか」

佐伯とミキは、すり鉢でごりごりと胡麻《ごま》をすりはじめる。

今日のメインディッシュは「大根と鶏の炊いたん」である。

京都では「煮る」ことを「炊く」と言う。大学進学で、京都で暮らすようになり、タイタンという響きをはじめて耳にしたとき、智久の脳裏にはギリシア神話に出てくる巨人族のすがたがよぎったものだった。いまではもう慣れて、おあげさんの炊いたん、といった言い方に違和感はない。

つけあわせは「菜の花の胡麻マヨ白和《しらあ》え」だ。佐伯たちが作っているのは、その和え衣だろう。

「さて、味つけの順番は覚えていますか？　ヴィンセントさん」

愛子先生は、ミキのとなりに立っている人物に、声をかけた。

「サシスセソ、ですね。マダム」

鼻から抜けるような発音でそう答えたのは、青い瞳《ひとみ》をしたフランス人男性だ。金髪をひとつに束ねて、馬のしっぽのように垂らしている。その髪型はサムライを意識しているそうだ。

職業はパティシエというだけあって、調理器具の扱いには慣れており、日本文化や食材にも造詣が深い。

若く見えるが、長く日本に住んでいるらしく、パティシエとしても経験を積んでいるようなので、三十代後半か、もしかしたら四十をすぎているのかもしれない。日本語を流暢《りゅうちょう》に話して、料理に関しては智久より博識なところがあった。

「フランスでは、あまり肉や魚を甘辛く煮つけるということをしないので、料理に砂糖を使うのは新鮮だ」

その横で、マヨネーズをしぼる手を止めて、ミキがふと小首をかしげる。

「せって、なんでしたっけ？」

すると、ヴィンセントは明瞭な口調で答えた。

「サトウ、シオ、ス、セウユ、ミソ。セウユとは、醤油《しょうゆ》のこと。どうです？　完璧《かんぺき》でしょう」

「ええ、正解です」

愛子先生がうなずくと、湯気を立てる鍋の前で、ヴィンセントは誇らしげにウィンクしてみせる。

「さすが、ヴィンセントさん」

ミキが屈託のない笑みを浮かべ、ぱちぱちと手を叩く。それを受けて、ヴィンセントも満更《まんざら》でもなさそうである。

智久と佐伯の地味な組みあわせに比べて、あちらのテーブルはずいぶんと華やかだ。

「お大根がほんのり透きとおってきたら、味をつけていきます」

愛子先生の声に、智久のとなりで、佐伯が計量スプーンに手を伸ばす。

「今日は春大根を使っています。冬大根より水分が多めなので、心持ち、味は濃いめにつけていきます。まず、お砂糖ですね。お砂糖には鶏肉をやらこうする作用もあるので、隠し味程度に入れておきましょう」

教室ではひとつの容器に入った調味料を順番で使っている。

ミキたちが先に砂糖の容器を取ったあと、智久のほうへまわしてくれた。

「うちでは、甜菜糖《てんさいとう》を使っています。ふつうのお砂糖はさとうきびを原料にしたものが多いですけれど、この甜菜糖は北海道産の砂糖大根を原料にしているんですよ。優しい甘さで、適度にコクもあって、煮物によう合うと思います」

愛子先生がそう説明した砂糖は、粒子が大きめで、薄茶色をしていた。

「砂糖っていっても、いろいろあるんですね」

言いながら、智久は砂糖の容器を佐伯に渡す。

「せいぜい、グラニュー糖と黒砂糖くらいしか知らなかったですが……」

「フランスでも、甜菜糖は使われる。田舎《いなか》にバカンスに行ったときには、よく畑に植わっているのを見かけた。大根というより、むしろ、かぶに似ているな。聖護院《しょうごいん》大根みたいなものだ」

パティシエだけあって、ヴィンセントは砂糖についてくわしそうだ。

「砂糖といえば、和三盆《わさんぼん》も素晴らしい。さらさらとして口溶けがよく、気品のある甘さで、サブレを作ってみると、感動的な仕上がりだった」

そこに、ミキが片手をあげて、質問する。

「愛子先生。料理によっては、砂糖じゃなくて、みりんを使うこともありますよね？　砂糖とみりんって、どう使い分けたらいいんですか？」

「本みりんはお酒の一種ですから、甘みをつけるだけじゃなく、生臭さを消すことができます。照り焼きなどつやを出したいときには、みりんを使いますね。あと、みりんには素材を締める効果があるんで、身のやわらかな魚などの煮崩れを防ぐときにも役立ちます」

「かれいの煮付けとか作るときには、やっぱり、みりんですよね」

「そうですね。あと、蕎麦《そば》つゆのかえしを作るときにも使えますよ。かえしがあれば、天つゆや親子丼なんかにも応用できますし。それから、にしんの甘露煮も、みりんを使うほうが甘さに切れが出ますね」

「なるほど、なるほど」

ミキはうなずきながら、エプロンのポケットからメモ帳を取りだして、愛子先生の言葉を書きつけていく。

「そろそろ、お砂糖がしっかり染みたようですね。では、次に、お酒です。日本酒も煮つめることで、うまみのもとになるんですよ。それから、お醬油ですね。味つけができたら、落としぶたをして、中火で煮つめていきます」

落としぶたをする前に、智久が菜箸を鍋に入れようとしたら、愛子先生がやんわりと止めた。

「あ、もう混ぜなくてもいいですよ。お砂糖やお塩を加えたとき、つい菜箸やら木べらやらで混ぜて、しっかり溶かしたくなりますけれど、ここはもう、お鍋に任せといたらええんです。大事なんは、煮汁を対流させること。この動きで、熱もまんべんなく通るし、調味料も自然に溶けますから」

落としぶたとして、アルミホイルのはしを折ってまるくしたものをかぶせて、智久は時計を見た。煮込む時間は二十分だ。

「では、真渕さんとヴィンセントさんもいっしょに、菜の花を和えていきましょうか」

菜の花をさっと茹でたあと、冷水にさらして、きつくしぼり、しっかり水気を切る。

そこで、愛子先生は「醬油洗い」という技を教えてくれた。菜の花の水気を切る際に、小さじ半分ほどの醬油で下味をつけてからしぼると、野菜の余分な水分がしっかりと抜けて、おいしく仕上がるらしい。

「ご飯も炊きあがりましたよ」

奥にあるコンロでは、最初に仕込んだ竹の子ご飯が炊きあがっていた。教室では土鍋で炊いているが、智久が実際に家で作るときには、炊飯器に材料を入れて、スイッチを押すだけになるだろう。

「鶏の炊いたんも、ええ感じになってきました。最後に、生麩《なまふ》を入れたら、二〜三分で、火を消します」

落としぶたを取ると、大根はおいしそうに色づいていた。

中央にスペースを作って、生麩をふたつ、煮汁にひたすように入れる。

むにむにとした生麩は、智久にとって、未知の食べ物だ。

生麩という食べ物の存在を、智久は大学生になってから知った。実家では一度も食卓にのぼったことはなかった。乾燥した麩なら吸い物やすき焼きなどで食したことはあったが、京都では生のままで売られているのを見て、驚いたものだ。京都で暮らすようになったいまでも、実際に食べたことはなかったので、今日のメニューが生麩を使った料理だと知り、楽しみだった。

「生麩は長く火を通すと、ふくれすぎて、もっちりした食感がなくなってしまうので、気ぃつけてくださいね。ふわっとしたくらいで十分ですから」

生麩がふっくらしたのを確認してから、もう一度、落としぶたをして、火をとめた。

「煮物は冷めていくときに味が染みていきますから、そのまま、しばらく置いておきましょう。そのあいだに、ほかのおかずを盛りつけましょうか」

その声にうなずいて、智久は皿を取りに行く。

愛子先生の料理教室は、古い長屋の一階にある。

一棟の建物が数戸に区切られており、壁は隣家と共有で、間口が狭く細長い造りだ。採光と通風に優れた格子戸、梁《はり》は力強く組まれ、壁には落ちついた風合いがあり、黒光りする柱は天井からさげられた電球の淡いオレンジ色の灯りに照らされている。

そして、箱階段。階段の下の空間を有効に使うためにひきだしや戸棚を取りつけた簞《たん》笥《す》は、箱階段と呼ばれ、愛子先生はそこにたくさんの食器や調理器具を仕舞《しま》っていた。

試食をするときには、まず、各自、漆塗《うるしぬ》りの平たいお膳を用意する。つづいて、たくさんある箸置きから、好きなものを選ぶ。季節に合わせて、智久はつくしを模した箸置きを使うことにした。

「あ、つくしの箸置き、いいですね。可愛《かわい》い」

ひきだしに手を伸ばすと、横からミキがのぞきこんできた。

「愛子先生の箸置きコレクション、ほんと、素敵ですよね。うーん、この桜の箸置きもキュートだし、迷っちゃうな」

両手を胸の前で組み、うっとりと目を輝かせて、ミキは箸置きを見つめている。

食器も、高価そうなものから素朴なものまで、多種多様にとりそろえてある。

料理のうちで、盛りつけが、もっとも智久の好きな作業だった。

炊き込みご飯だから、茶碗《ちゃわん》はシンプルなものにしよう。そう考え、有田焼《ありたやき》らしき白磁の茶碗に、桜海老《さくらえび》と竹の子の炊き込みご飯をよそった。菜の花の胡麻マヨ白和えは、緑と白のコントラストが映えるように、マットな質感の黒い小鉢を使うことにした。円錐《えんすい》状にこんもりと盛り、黒胡麻をぱらぱらとかける。

メインディッシュは、鶏手羽元が二本と、まるい大根がふたつに、四角い生麩だ。深さのある楕円《だえん》形の器に、それらをバランスよく、立体的に盛りつける。

四角い膳のなかに、皿を配置していき、余白すらも完璧と思える空間を作りだす。隙《すき》のない構図だが、箸置きで遊ぶことによって、ユーモラスな感じも……。

「真渕さんって、センスいいですよね」

ミキが人懐っこい笑みを浮かべて、智久を見つめた。

つい、どぎまぎしてしまう。

「いや、そんなこと……」

智久が盛りつけを楽しいと思うのは、仕事に通じるところがあるからだろう。大学で建築学を専攻して、博士課程を修了したあと、著名な建築家の事務所に働き口を見つけた。いまはまだ修業中の身だが、ゆくゆくは独立して、自分で事務所を構えたいと思っている。

盛りつけを終えたヴィンセントが、カメラを取りだしてきた。

「うん、実に、素晴らしい。膳は、日本の庭園のようだ。ワビサビがある」

ヴィンセントの器の選び方は斬新《ざんしん》で、盛りつけも自由奔放だ。

ミキの盛りつけは器と内容がちぐはぐしており、佐伯の盛りつけは無骨で実用的だ。

おなじ料理だが、使う器や盛り方によって、受ける印象がまったくちがってくる。

それはあたかも、おなじ家族が、どんな家に住まうかによって変わるかのようであり、智久は興味深く観察するのだった。

「では、いただきましょうか」

愛子先生の声に、それまでの作業テーブルではなく、となりの部屋の卓袱台《ちゃぶだい》に場所を移して、試食をはじめる。

手を合わせ、声をそろえて「いただきます」と言うことも、そういえば久しくなかったな……と智久は思う。

炊き込みご飯は桜海老の風味も香ばしく、米は一粒一粒がぴんと立って、竹の子はしゃっきりと仕上がっていた。鶏肉はやわらかく、ほろりと身がほぐれて、口いっぱいに甘辛い味が広がる。生麩は、鶏肉のうまみと大根の甘みをふくみ、くにゅくにゅと歯に吸いつくような食感が楽しい。

「生麩って、もちもちしておいしいですね。はじめて食べました」

つきたての餅《もち》にも似た独特の弾力ある歯触りが、口のなかで際立つ。

「え、真渕さん、生麩を食べたことなかったんですか？」

ミキが驚いたように目をまるくして、大げさな声を出した。

「それじゃ、麩まんじゅうも食べたことないとか？」

「ええ、ないです」

「なんてもったいない。せっかく錦《にしき》に近いところにいるのに。もっと京都を楽しみましようよ」

錦小路通にある商店街には魚や野菜や乾物や漬物など、食品を扱う店が軒を連ねているのだが、そんな錦市場の徒歩圏内に住んでいながら、智久はあまり利用したことはなかった。

ミキは錦市場にある店の「麩まんじゅう」なる食べ物がいかに美味かということを滔々《とうとう》と語る。

「この官能的な味わいを知らずにこれまで生きてきたなんて、人生かなり損してますね。佐伯さんも、そう思いません?」

黙々と食事をしていた佐伯は、ミキに話題を振られ、わずかにうなずいた。

「生麩いうたら、田楽やな。辛口の酒によう合う」

すると、ヴィンセントも身を乗りだす。

「生麩はチーズとも相性がいい。はじめて食べたときには感動した。これほどまでにワインとマリアージュする食べ物があるとは、まったく京都は奥深い」

「ほんなら、今度は生麩のチーズ挟み揚げでも作りましょうか?」

愛子先生の提案に、ヴィンセントもミキも目を輝かせた。

「素晴らしいですね、マダム」

「わあ、おいしそう。ぜひぜひ、教えてください」

そんな話をしながらも、料理はどんどん口へと運ばれていく。どれもが自分の作ったものだとは思えないほどの出来栄えだ。きちんと教わったとおりに作れば、プロ顔負けの味を再現することができる。それはつまり、愛子先生の教え方がうまいということなのだろう。

「そういえば、トモ」

大根を箸で突き刺したヴィンセントが、おもむろに口を開いた。

「その後、どうなっているんだ？　憧《あこが》れの女性との関係は」

危うく、智久は生麩を喉《のど》につまらせるところだった。盛大にむせて、げほげほと咳《せ》きこみ、顔を真っ赤にしていると、横から愛子先生がお茶の入った湯飲みを差しだしてくれた。

「おやおや、だいじょうぶですか」

「あ、すみません」

お茶を一口飲んで、どうにか心を落ちつける。

「どうも、こうも、べつに話すことなんて……」

耳まで赤くなりながら、智久は言葉を濁《にご》した。

「ああ、その話！　うんうん、くわしく聞きたいです」

ミキも身を乗りだすようにして、興味津々のまなざしを向けてくる。

「いや、だから、話すことは、なんにもないですって……」

ごまかすように、智久は目をそらした。

ヴィンセントが思いだしたのは「あのこと」だろう。

料理教室をはじめておとずれた日。

まずは自己紹介を、という流れになり、愛子先生が料理を習おうと思った理由など教えていただけるといいですねと言ったので、それを受けて、佐伯がこんなことを話した。

なんや、急に、嫁はんから料理教室に通うよう言われまして。料理のほうはずっと任せきりやったんで、さっぱりなんですが、よろしゅう頼んます……。

ぶっきらぼうなその言い方は、どこか、子供がすねているようでもあった。頑なだった佐伯の印象が、ふと、やわらいで、その場の空気も和んだ。

そして、次が、智久の番だった。

佐伯につづいて、自分も動機のようなことを言わなければならない気がした。だから、つい、口を滑らせてしまったのだ。

自分が料理教室に通うことにしたのは、気になる女性の一言がきっかけだ、と……。

2

はじめて会ったときには、特に美人だとか可愛いひとだと思ったわけではなかった。

ただ、耳のかたちが印象的で、じっと見つめていたことを覚えている。黒い髪のすきまからのぞいた耳は、美しい曲線を描いていた。ピアスの穴などは開いていない、まっさらな耳。機能はデザインに一致する、という言葉が頭に浮かんだ。相手の言葉をきちんと聞く。耳をかたむける。そういう耳だという気がした。

「それでは、建築をテーマにした作品はいかがでしょう？」

カウンターの向こう側で、彼女は言った。

彼女の声と、耳のかたちは、しっかりと記憶に焼きついている。

日曜日の図書館。

よく晴れた日だった。春の陽気に誘われるようにして、ぶらぶらと散歩をしていたところ、その図書館の前を通りかかり、ふらりと立ち寄ったのだった。

智久が働いている建築設計事務所では、日曜日にも打ち合わせなどの仕事が入ることが多い。その日も朝から事務所に行き、現場の監理を行う所長のお供をして、めずらしく昼過ぎには解散となったので、どうせならと周囲を散策することにした。

左京区では、明治から昭和初期にかけて建てられた洋館が、いまでも美術館や大学の施設などとして使われているのを目にすることができる。

この図書館もファサードには明治時代に建てられた煉瓦《れんが》造りの名建築の外壁が残され、背後にガラス張りの新館が増築されていた。

白い煉瓦に金色に塗られたテラコッタや装飾のこまかな鉄扉など、旧館のデザインにはアール・ヌーヴォーの影響を受けた優美さがある。歴史様式のなかに新時代の息吹を感じさせるモダンさも兼ね備え、保存するだけの価値がある建築だ。

平面的なファサードが特徴で、それによって、カジュアルな印象となり、重厚さが排されている。銀行建築ならば、堅牢《けんろう》さや風格など、もっと重みを意識したデザインが求められるところだ。しかし、ここは図書館である。

親しみやすさ。図書館においては、それが旨とされると、設計者は考えたのではないだろうか。

だれもが使いやすいように。だれもが学べるように。多くのひとに向けて、門戸を開く。

だからこそ、智久も特に図書館に用事はなかったのだが、入ってみようという気持ちになった。それが建築の持つ力だ。

高い天井に、窓からのやわらかな光。あたたかみのあるオレンジ色のライトも灯《とも》され、内部は明るく、心地よい空間が広がっている。吹き抜けの中央には、螺旋《らせん》階段がある。立体を意識した大胆な構成だ。この巨大な螺旋階段をおりて、閲覧《えつらん》室のある地下へ向かう。

本棚は天井に届くほどの大きさだが、絶妙な間隔で配置されており、木のぬくもりを感じさせることもあって、圧迫感はない。テーブル席やソファーも多く、利用者はゆったりとくつろいで、思い思いに読書を楽しんでいる。

自分もいつか、こんな建築を手がけてみたいものだ。

社会に出て、シビアな現状を知るようになったいまでは、規模の大きな公共施設の仕事を請け負い、意匠にこだわり、独自の世界観を表現できる建築家なんて、ほんの一握り、いや、ひとつまみほどしかいないことは十分に理解している。それでも……。

知の集積された場所にふさわしく、室内は静寂に包まれ、落ちついた雰囲気に満ちていた。

読書家とは言えない智久も、その空間にいると、なにか読みたくなった。建築の写真集でもながめようか。いや、たまには活字を読むのもいいかもしれない。本を広げて、物語の世界に没頭したい。そんな気分になったのだが、自分ではこれといったものを思いつかなかった。

そのとき、レファレンスカウンターにいる女性のすがたが、目に入った。引き寄せられるようにして、その前に座った。本の専門家。彼女ならば、きっと、面白い本を知っているだろうと思った。

智久は学生時代に、大学の図書館でレファレンスをよく利用した。論文を書くときなど、自分では見つけられなかったような文献でも、専門の資格を持つ司書がどこからか探してきてくれて、非常に助かったものだ。

だから、その日も、図書館で「読みたい本」を探すため、レファレンスカウンターに向かった。

そこにいたのが、彼女だったのだ。

智久の「なにか面白い本を教えてください」という漠然としたリクエストに対して、彼女は少しだけ戸惑ったようだ。しかし、落ちついた物腰で、質問を返してきたのだった。

智久が、なにを面白いと感じるのか、どんなことに興味があるのか、どんなジャンルが好きなのか、求めているものは一体なんなのか……。

どのようなものが読みたいのか。

それは、智久自身にもわかっていなかった。

「なんでもいいんです、あなたが最近読んで感動した本とか、おすすめの小説があれば、それを読みます」

智久が言うと、彼女はわずかに困ったような表情を浮かべた。

「申し訳ありません。司書は、主観的な判断ではお答えできないのです」

あくまで、司書は利用者の手助けをする役割なのだという。

彼女は「あなたの知りたいことに、わたしも興味があるの。いっしょに探しましょう」という態度で、真剣に智久の話を聞いて、心をほぐしていった。

ひとつ答えるごとに、自分の言葉が、彼女の耳に吸いこまれていく。

それは心地よいカウンセリングを受けているかのようだった。

そして、結局、建築をテーマにした小説をいくつか列挙してもらうことになった。

好きなもの、興味があることは、なんといっても、建築だ。いつでも仕事から離れられない。

「建築といっても、ジャンルによって、いろいろありますね。現代物、時代物、恋愛物、ファンタジー、ミステリー、SFなど……。築城《ちくじょう》や宇宙ステーションの建造なども、建築をテーマとしていると言えなくはないですし。作者は日本人のほうがいいですか？外国の作品も候補に入れましょうか？」

そんなやりとりをしながら、彼女はパソコンを使って、作品を次々とリストアップしていく。

そうして、選ばれた本が、幸田露伴《こうだろはん》の『五重塔』と松家仁之《まついえまさし》の『火山のふもとで』という二冊だった。

幸田露伴という名前には覚えがあったが、実際に作品を読んだことはなかった。もうひとりの作家にいたっては、これがデビュー作らしく、名前すら聞いたことがない。だれかにすすめてもらわなければ、おそらく、手に取ることはなかっただろう。

本をカウンター越しに手渡され、ゆっくりと椅子《いす》に腰かけて読書を楽しんでいたのだが、あいにく、閉館時間となってしまったので、つづきは家に持ち帰って読むことにした。

図書館の本には、ひとの気配が染みついている。

仕事を終えて、だれもいない部屋に帰り、彼女が手渡してくれた本のつづきを読む。

それから一週間かけて、毎晩、少しずつ本を読んだ。

　幸田露伴の『五重塔』は、文語体に最初は苦戦したが、慣れてくると独特のリズムを心地よく感じるようになった。大工が図面を引き、自分の手で建物を造っていた時代。建築家という職業がなかった時代の話だ。「のっそり」とあだ名される大工の十兵衛《じゅうべえ》は、百年に一度の機会である五重塔を建てる仕事にすさまじいほどの情熱を注ぐ。腕はいいが世渡り下手な十兵衛と、その親方でありながら仕事を奪われてしまう源太《げんた》。ふたりの大工の生き様、職人としてのぶつかり合いに、静かな感動をおぼえる。

　松家仁之の『火山のふもとで』は一九八二年の軽井沢《かるいざわ》が舞台で、文章もぐっと読みやすく、すらすらと頭に入ってきた。経済が右肩あがりに成長して、建築家の仕事も需要が多かった時代の話だ。自分が働いている事務所の所長くらいの世代のひとが若かったころの様子が描かれていて、興味深かった。少しでも建築をかじった人間なら、主人公が先生と呼んでいる老建築家のモデルが吉村順三《よしむらじゅんぞう》で、コンペで競うことになるライバル役の建築家が丹下健三《たんげけんぞう》だということはぴんとくるだろう。主人公がひと夏を過ごす別荘も、吉村順三の「軽井沢の山荘」やアントニン・レーモンドの「夏の家」を想起させるのだが、それが実に的確な文章で表現されていることに驚いた。

　建築は「体感」するものである。しかし、一方で、思想であり、論理であり、言葉との親和性も高い。久しぶりにじっくり本を読む時間を持ったことで、言語野に刺激を受け、新たな発想も生まれてきそうだった。

一週間後、本の返却に行ったときに、彼女のすがたを見つけ、智久は声をかけた。

「このあいだは、ありがとうございました。本、どちらも面白かったです」

すると、彼女はとてもうれしそうに微笑んだのだ。

「よかった。気に入っていただけて」

気持ちのいい笑顔だった。

レファレンスで探した本に智久が満足したことを、自分のことのように喜んでいる。

他人の役に立つ喜び。自分の仕事への誇り。

智久がもっとも大切にしていること。おなじ気持ちを、彼女も持っているような気がした。

その瞬間、彼女のことをもっと知りたい、と思った。

彼女が身につけた紺色のエプロンには、名札がついていた。

胸元の名札には「宮沢《みやざわ》永遠子《とわこ》」とあった。

永遠子さん、か。素敵な名前だな。

このとき、ようやく、智久は彼女の名前を知り、個人として認識したのだった。

次の週も、智久は図書館をおとずれた。しかし、そのときには永遠子のすがたを見つけることができなかった。今日は休みなのだろうか。がっかりしている自分に気づいて、智久は戸惑った。彼女に会えなかったことで、こんなにも気落ちするとは……。

そのまた次の週も、智久は図書館をおとずれた。カウンターの向こう側に、永遠子のすがたを見つけて、ほっとする。声をかけるわけでもなく、ただ、遠くから見守る。最初に会ったときにはなんのためらいもなく、レファレンスのコーナーに行くことができた。だが、彼女のことを意識するようになったいまでは、話しかけるのにも勇気がいって、意味もなく館内をぐるりと歩きまわってしまった。

地下の閲覧室には特別設置コーナーがあり、関連資料が展示されている。そのときの展示は「近代美術と絵本の世界」だった。

しばらくすると、どこからか子供が集まってきた。母親らしき女性に連れられた幼い子供、それに小学生同士のグループもいる。この図書館で子供を見かけるのはめずらしい。今日は特別な催しがあるようだ。

やがて、永遠子ともうひとり年配の司書が、大きな絵本を手にして、子供たちの前にあらわれた。

年配の司書が挨拶《あいさつ》をしたあと、永遠子は絵本を広げ、読み聞かせをはじめる。

智久は、本棚の陰《かげ》に身をひそめるようにして、彼女の声に耳を澄ました。

おじいさんが　かぶを　うえました。

「あまい　あまい　かぶになれ。

おおきな　おおきな　かぶになれ」

穏やかで、落ちついた声。決して大きいわけではないのだが、明瞭で、芯《しん》の強さのようなものがある。やわらかでありながら、ふわりと遠くまで運ばれていくような声だ。

うんとこしょ　どっこいしょ　まだ　まだ　かぶは　ぬけません。

繰り返しのリズムに乗って、彼女の声が響いてくる。

永遠子はことさらに感情をこめるよりも、一言一言をきちんと、はっきりと発音することを心がけているようだった。あくまでも、彼女の声は媒介。主体は、絵本である。集まっている子供たちの意識は、彼女の手にある絵本へと集中している。

ただひとり、智久だけは、絵本の内容ではなく、彼女の声に夢中だった。

こんなに気持ちのいい声の持ち主を、ほかに知らない。軽く目を閉じて、思う存分、彼女の声を堪能《たんのう》する。このまま、永遠子の声に身をゆだねて、まどろむことができたら、どれほど心地よいだろうか……。

ぼんやりとそんなことを考えていると、いつのまにか、読み聞かせは終わっていた。そして、目の前に、永遠子が立っていたのだ。

目が合うと、永遠子は笑みを浮かべた。

「こんにちは。今日もなにかお探しですか?」

永遠子はまだ絵本を手に持っていた。通りすぎようとして、智久の存在に気づいたのだろう。

突然、声をかけられ、智久は動揺を隠せなかった。あわてて、目の前にあった本に手を伸ばす。

「あ、いえ、だいじょうぶです」

闇雲《やみくも》につかんだその一冊は、節約レシピ本であった。

智久が立っていたのは、料理本のコーナーだったのだ。

せめて、料理の専門書やプロのシェフの本であればまだしも、よりによって、節約レシピなんて……。

気恥ずかしさを感じていると、永遠子は相手を安心させるような声で言った。

「料理ができる男性って、素敵ですよね」

その一言で、智久は心に決めた。

料理のできる男になろう。

そして、料理教室に通うことにしたのであった。

＊＊＊

愛子先生の料理教室で、興味津々のまなざしを向けられ、智久は渋々ながらも、永遠子との出会いをかいつまんで説明することにした。

図書館でのことを話そうという気持ちになったのは、まず、ヴィンセントの存在が大きい。フランス人といえば、恋愛上手というイメージがある。ヴィンセントは智久の目から見てもハンサムな男性であり、さぞかし恋愛経験も豊富であろう。そんなヴィンセントに話せば、有益なアドバイスがもらえそうだ。

それに、ミキや愛子先生の意見も気になる。

自分ひとりでは手づまりだった。つきあってもいない相手のために料理教室に通うだなんて、迂遠《うえん》なことをしているのはわかっている。しかし、だからといって、どうすればいいのか……。

「ふうむ、図書館に勤める知的な女性か。いいな、会ってみたいものだ」

ヴィンセントはそうつぶやいたあと、怪訝《けげん》そうに眉《まゆ》をひそめた。

「しかし、理解できないのだが、なぜ、トモは、そのとき、きみがあまりにも魅力的な声をしているので思わず聞き惚《ほ》れてしまった、と本人に言わなかったのだ？」

「ええっ、そんなこと、言えませんって」

「なぜだ？」

「いやいや、それが日本人男子の感覚というか……。ですよね？　佐伯さん」

智久は茶を飲んでいた佐伯に同意を求める。

「ああ、そやな。言わんな、ふつう」

面白くもなさそうな顔で、佐伯はうなずいた。眉間に皺の刻まれた佐伯は、いかにも昔気質《かたぎ》で、亭主関白という感じがする。家に帰っても、妻に向かって「飯、風呂、寝る」だけしか言わないような前時代の遺物といった雰囲気があるのだ。愛の言葉をささやくところなど、想像もつかない。

「わからないな。なぜ、言わないのだ？　その女性に好意を持っているのだろう？　親しくなりたいのだろう？　ならば、まず、伝えなければ。美しいと思えば、そう伝える。それによって、女性というものは、もっともっと、美しくなっていくのだよ」

自明の理というように語るヴィンセントに、智久は越えられない壁を感じる。

ヴィンセントはまったく照れることなく、女性に「愛している」と告げることができるタイプの人間なのだろう。自分には無理だ。相手のことを意識すればするほど、緊張してしまって、なにも言えなくなる。

「思いをこめて、じっと見つめる。きみに惹《ひ》かれている、と目で伝える。そして、向こうが気づいたら、にっこり微笑むんだ。やあ、こんにちは。今日もきれいだね。相手の反応をたしかめて、食事に誘う。なにも難しいことはないだろう？」

「簡単に言うけれど、めちゃくちゃ難しいですって、それ」

智久は即座に答えて、ミキのほうを見る。

ミキは箸を置き、ハンカチでくちびるを押さえるようにして拭《ふ》くと、口を開いた。

「まあ、ヴィンセントさんのようなレベルは無理でも、アプローチしないことには、先には進めないですよね」

至極当然なことを指摘され、智久もうなずく。

「そうなんですが、具体的にどうすればいいのか……。彼女は仕事をしているわけで、勤務時間中に話しかけたら、迷惑になるかもしれないし」

「うーん、まあ、挨拶やちょっとした雑談くらいならいいんじゃないですか。それこそ、空気を読むというか、迷惑がられない範囲で。さりげなく、徐々に親密度をあげていくしかないでしょう」

「さりげなく、ですか……」

どちらにしろ、難しいことには変わりない。

菜の花の胡麻マヨ白和えを箸でつまみながら、智久は軽く嘆息《たんそく》する。菜の花は水っぽさもえぐみもなく、こっくりとしたクリームのような豆腐の和え衣がからみつき、隠し味のマヨネーズがきいていて、ご飯が欲しくなる味だ。土鍋で炊いたご飯は少し冷めてもふっくらとして、ほんのり甘みすら感じる。おこげの風味も、また格別だ。

「もしかして、真渕さん、だれかとつきあった経験がない、とか？」

ミキから容赦《ようしゃ》のない指摘が飛んできて、智久の胸にぐさりと突き刺さる。

「ええ、恥ずかしながら……」

智久が通っていた中高一貫の男子校は、恋愛なんてものとは無縁の環境だった。大学でも課題をこなすのに精一杯で、学生の本分は尽くしたものの、ロマンチックな思い出はひとつもない。就職してからも仕事に専念して、気づくと三十歳をすぎていた。

「わあ、それで、そんなに健気《けなげ》なんですね」

感嘆した声で言うと、ミキは目を潤《うる》ませて、智久を見つめる。

健気？　そんな言葉で形容されるとは、意外だった。

「男子校出身なんで、女性と接した機会すらほとんどなくて。だから、こういう場合に、どう行動すればいいか、自分のなかにデータがないというか」

「いいなあ、そういうピュアな片思い。遠くから見つめているだけで、胸がどきどきして、ときめきが止まらなくて……。そのひとのことを考えるだけで、幸せで、でも、切なくて、苦しいんですよね。ああ、甘酸っぱいなあ。なんだか、心が洗われるようです」

胸元で両手を組むと、うっとりとした口調で、ミキは言う。

「真渕さんの恋、応援しますよ！　うん、だいじょうぶ。真渕さんって、見た目で絶対にNGってことはないですから、自信を持っていいと思います。笑顔で挨拶。それで、一歩前進。こつこつと積み重ねていけば、いつか、チャンスが来ますって。恋愛って、結局は、めぐりあわせっていうか、運次第のところもあるし。もし、振られても、それは自分にどこか欠点があったわけじゃなく、相性が悪かっただけ、と思うことですね」

「って、振られること前提ですか！」

思わず口を挟んだ智久に、ミキは悪びれず、にっこりと微笑んだ。

「いえ、そういうわけじゃないですけど、初恋は実らないっていうし。話を聞いた限りでは、成功率はかなり低そうかと」

可愛い顔をして、ずばずばと言いたい放題である。

ミキの言葉に、ヴィンセントもうんうんと何度もうなずく。

「出会いなんてものはどこにでも転がっている。魅力的な女性は星の数ほどいるのだ」

まだ失恋したわけではないのに、なぐさめるような言葉をかけられ、智久は複雑な心境になる。

「とりあえず、ミキさんの言うように、笑顔で挨拶、をやってみます。たまに図書館に行って、挨拶するくらいなら、迷惑じゃないですよね？」

「それくらいならストーカー扱いされることはないと思いますよ。まずは図書館の常連さんになって、彼女に顔を覚えてもらうことですよね。図書館ならキャバクラなんかとちがって、お金もかからないし、通いやすいからいいですよね。また進展があったら、ぜひ、教えてください」

あきらかに他人事《ひとごと》を楽しんでいるという様子で、ミキが言う。

進展のしようがあるのだろうか……。

智久にとってはまったく未知の領域で、手探り状態なので、次への一歩をどこへ踏みだせばいいのかすら、わからない。

愛子先生は穏やかな微笑みを浮かべて、そんなやりとりを聞いていた。

料理を教えているとき、火加減に水加減、味つけなど、愛子先生はいつも絶妙のタイミングで、勘所を押さえた言葉をかけてくれる。お手本があり、目指すべきものがはっきりとしていれば、そこに至るまでの道筋がわかりやすい。料理中に行うことは、すべて、最終的に「おいしいものを作るため」である。

料理の知識も経験もほとんどなかった智久だが、教室で料理を作るときには、愛子先生の一言によって、どうすればいいのか、どこに向かっているのか、手順を理解して、コツのようなものをつかむことができた。

そして、いまも。

なにげない口調でありながら、愛子先生は示唆《しさ》に富む言葉を口にしたのだった。

「いつか、その方にも、真渕さんの作ったお料理を食べてもらえるといいですね」

その一言で、智久の脳裏に明確なイメージが広がる。

彼女に好意を持っている。それは自覚していた。だが、だからといって、どうしたいのか、自分でも曖昧《あいまい》なままだった。それがいま、くっきりと浮かんだのだ。

智久はキッチンに立ち、フライパンでなにかを炒めている。あたりには、おいしそうな匂いが広がる。部屋のソファーには永遠子が座っている。智久はフライパンをかたむけて、皿に料理を盛りつけると、振り返って、永遠子に差しだす。さあ、めしあがれ。

自分が大切に思うひとのために、料理を作る。そして、おいしい、と言ってもらうことができれば、どんなに幸せだろうか。そう、自分が望んでいるのは、そんな関係……。

「おいしいものには、ひとを引き寄せる力があるんですよ」

にっこりと微笑むと、愛子先生は言った。

おいしいものには、ひとを引き寄せる力がある……。

愛子先生の言葉を心のなかで繰り返すと、本当にそんな気がした。

「ご縁がつながるといいですね」

それから、愛子先生はヴィンセントのほうに顔を向ける。

「そうそう、ご縁といえば、たしか真渕さんのお仕事は建築家だったはずですよ」

すると、ヴィンセントがぱちんと指を鳴らした。

「ああ、そうか、それはちょうどいい」

「どういうことですか？」

話が見えず、智久は首をかしげて、ヴィンセントの言葉を待つ。

「実は、カフェを開きたいと思っているんだ」

「カフェ、ですか」

ヴィンセントは中京区《なかぎょう》にある有名パティスリーで、シェフパティシエを務めていると聞いていた。

「ああ、愛子先生には話したのだが、実は、自分の店を持ちたいと考えていてね。独立の準備を進めているところなんだ。お菓子を買って帰るのではなく、その場で楽しめるような店をやりたいのだよ」

「なるほど。だから、カフェなんですね」

「これもまさに、縁というやつだな。その店の設計を頼めるひとを探していたんだが、トモ、やってみないか」

設計を頼みたい？

思いがけない話に、智久の胸は高鳴ったが、すぐに返事をすることはできなかった。

建築の世界では、三十代で駆け出し、四十代で若手とされることも珍しくない。事務所の規模や所長の方針によっては新人のうちから企画から監理まで任されることもあるらしいが、智久が働いている大沢《おおさわ》設計事務所は年功序列が厳しく、いまだに半人前扱いされている。

「いや、でも、建築事務所に勤めていると言っても、僕はまだ見習いのようなものですし……」

いきなりの依頼に智久は戸惑うが、ヴィンセントはお構いなしだ。

「それがなんだというのだ。だれにでも、はじめての仕事というものはある」

ヴィンセントの自信たっぷりな口調に、智久の心も前向きになってきた。

言われてみれば、そのとおりだ。

十分に経験を積み、失敗しないようになってから……などと考えて、挑戦しないままでいたら、いつまでたっても一人前になれないだろう。

これは、ちょうどいいチャンスかもしれない。

ほかの所員たちは親戚《しんせき》や知人から住宅の設計などを頼まれ、大沢に許可を取り、その案件を担当するということを行っていた。自分で受注してきた仕事なら、一切を任せてもらえる可能性も高い。

「わかりました。カフェの設計ですね。販売ではなく、飲食のための店舗ということですよね？」

「ああ、そうだ。理想とするカフェの条件は、まず、京都らしいこと。この料理教室の建物は、素晴らしいだろう？　歴史の積み重なった建物で、とても落ちつく。まさに、私がやりたい店も、こんな感じだ」

室内を見まわして、ヴィンセントは目を輝かせる。

「伝統のある建物を使いたい。女性が年月を重ねることで、より一層、魅力的になるように、古い建物は素晴らしい空気を持っている」

ヴィンセントの言わんとしていることには、智久も共感できた。

料理を習いに行こうと思って、近くにある教室を調べていたとき、智久は雑誌に載っていた一枚の写真に目を留めた。京都の特集。古い長屋の一室にある料理教室を紹介する写真だった。その写真で、愛子先生のことを知ったのだ。

柱、梁、建具などに使われている木材すべてに風情があり、色褪《いろあ》せた畳は懐かしい安心感に満ちていて、遠い記憶が呼び覚まされるような気持ちになった。割烹着を身につけた愛子先生のすがたも相俟《あいま》って、本物の情緒のある空間が、そこには存在していた。

この場所にぜひ通いたい。そう思って、智久はすぐに申し込んだ。

愛子先生の教室がほっと心が和むような雰囲気に満ちているのは、その人柄や料理自体にあたたかみがあるからなのはもちろんのこと、この建物が持つ力も大きいだろう。

「たしかに、この空間は素晴らしいです」

「でも、ここ、もう少しで取り壊されるところやったんですよ」

さらりと言った愛子先生に、智久は目を見開く。

「ええっ、どうしてですか？」

「もう古い建物ですから。もといた住人の多くは、もっと暮らしやすいところに越していきはりました。それが、ほら、おとなりの三味線《しゃみせん》屋さんとか、鞄《かばん》屋さんとか、若い職人さんが集まって、自分たちで手直しして住んでいくということになって、なんとか保《も》ってるんですよ」

「そうだったんですか。すごいですね」

愛子先生が一階で教室を開いて二階を生活空間としているように、この長屋のほかの住人たちも一階で仕事をしているひとが多いらしく、店の看板や表札が出ているのを見かけたが、そんな理由があったとは知らなかった。

人間観察が職業病のような智久だが、愛子先生の家族構成については、いまいち、つかめないでいた。

家族で暮らすには手狭な空間に思われるが、ひとりで住んでいるのだろうか。

愛子先生のたたずまいには家族を見守って陰ながら支える存在という感じがあり、良妻賢母や内助の功といった最近ではあまり聞かない言葉を思い浮かべるのだが、それにしては所帯じみた印象を受けず、孫の話題なども出たことがなかった。

「こんな素晴らしいものを取り壊すなんて、もったいない話だ」

ヴィンセントが納得いかない様子で、鼻を鳴らす。

「パリでは古いアパルトマンをいかに長持ちさせるかということを考える。手を入れることで、愛着も深まるというものだ。私のカフェも、そういうものにしたい」

ヴィンセントの意見を聞いて、智久の頭はすっかり仕事モードになる。

「それなら、新築よりも、町屋をリフォームというか、リノベーションするようなプランがよさそうですね」

考えるほどに心が躍り、意欲が湧《わ》きあがってきた。

「古い建物のリノベーションには、僕も興味があって、やってみたいと思っていたんです」

学生時代の課題でも、都市再生や有形文化財の保存と活用などは、特に熱を入れたテーマだった。

京都には、維持管理が負担になり、解体されてしまう古い建物も多い。そのうちのひとつでも、自分の手によって、ひとびとが集うカフェによみがえらせることができれば、どれほど素晴らしいだろうか。

「艶《つや》めく古い柱、ワビサビを感じる畳。あと、必要なものは、窓から見える緑だ。テラス席が欲しい。太陽の光を浴びることができるテラス席は、カフェでも特別な場所だ」

ヴィンセントは目を閉じて、両腕を広げながら、熱っぽい口調で語る。

「上質のコーヒーや紅茶といっしょに、私の作るとびきりのケーキを提供する。そして、恋人たちや友人たちが語り合う。もしくは、ひとりでゆったりと瞑想《めいそう》的な時間を過ごす。そんな店を作りたいのだ」

テラス席ということになれば、広い庭も必要だろう。鰻《うなぎ》の寝床と言われる造りの町屋では、難しいかもしれない。だが、坪庭を活《い》かして、どうにか工夫をすれば……。智久の頭には次々にアイディアが浮かんでくる。

しかし、わくわくする一方で、不安もあった。建築についての知識はそれなりにあるつもりだが、実際に自分ひとりで手がけた仕事はないのだ。

「本当に、僕でいいんですか?」

念のため、もう一度、確認すると、ヴィンセントはこともなげに言った。

「ああ、もちろんだ。トモの仕事は、ていねいだ。決して、手を抜かないだろう。ここで作った料理を見て、トモのことはわかっている。だから、頼みたい」

ヴィンセントの言葉を受けて、愛子先生もにっこりと笑みを浮かべ、うなずく。

「そうですね。真渕さんなら、できますよ」

これまで興味のなかった料理というものを身につけたいと思って、教室に通うようになった。それが仕事につながるなんて思いもしなかった。これも縁というものなのだろう。

愛子先生がうなずくのを見て、智久は決意した。

信頼に応《こた》えたい。これは自分がやる仕事だ。ヴィンセントが想像している以上に、素晴らしいカフェを作りあげよう。俄然《がぜん》、燃えてきた。

「希望のエリアやお目当ての物件はあったりしますか？」

「市内で探しているのだが、いくつか気になるところはある。できれば、物件を選ぶところから手伝ってもらいたい」

「わかりました。事務所の所長に相談してみます」

「ああ、よろしく頼む」

ヴィンセントが右手を差しだしてきたので、智久はしっかりと握り返した。

「素敵ですね。カフェができたら、絶対に行きますよ」

ミキは両手を組みあわせ、期待に満ちた表情で、ヴィンセントを見あげる。

「もちろん、オープニングレセプションにはここにいるみんなを招待するつもりだ」

「やったあ。ね、佐伯さん。もちろん、佐伯さんも行きますよね？」

ミキにうながされ、佐伯も軽くうなずく。

「そやな。甘い物はいらんが、まあ、コーヒーくらいなら……」

「そんなこと言わずに、ぜひとも、私の作るケーキを食べてもらいたい。甘い物が苦手だったが、うちのケーキならば食べることができる、とお客さんに言われたこともあるのだ。ようし、燃えてきたぞ。トモ、絶対に、いい店を作ろう」

「はい、頑張ります」

力強く答えた智久を見て、愛子先生は力づけるような笑顔でうなずいた。

3

翌日、智久はカフェ造りの参考になりそうな本を求めて、さっそく図書館に向かった。

資料を探していると、展示コーナーの前に永遠子のすがたを見つけた。

ミキのアドバイスを思いだして、智久はぎこちないながらも笑顔を作り、挨拶をする。

「こんにちは」

永遠子も顔をあげて、微笑みを返してくれた。

「こんにちは」

一歩前進、なのだろうか。永遠子の笑顔は親しげで、自分のことを覚えてくれているように智久には思えた。少なくとも、顔見知りにはなれたのかもしれない。

永遠子は展示コーナーの絵本を整理していたようだ。展示の内容が新しくなり、並べられている絵本はこのあいだとはちがっていた。

絵本の表紙に描かれているのが「家」だったので、智久は興味を惹かれた。

豚のキャラクターが、レンガで家を建てている。ほかにも、わらの家や木の家などの挿し絵がある。

「『三びきのこぶた』ですか。懐かしいな。ある意味、これも建築の話ですよね」

智久が言うと、永遠子は笑顔のままで答えた。

「ええ、興味を持っていただけてよかったです」

そして、はにかむような表情になる。気のせいかもしれないが、智久には、永遠子の言葉が、特別な意味を持っているように感じられた。

もしかしたら、彼女がさまざまな家の出てくる『三びきのこぶた』を展示のテーマにしようと思いついたのは、先日のレファレンスがきっかけになっていたりするのではないだろうか。智久が興味を持つだろうと思って、この展示を……？

いやいや、考えすぎだ。自意識過剰だ。

自分がまた図書館に来ることを、彼女は待っていた……なんて、そんな都合のいい話があるわけない。でも、ひょっとしたら、ひょっとするということも……。智久は甘い期待が広がるのを止められない。

意識してしまうと、平静ではいられなくなった。

まぶしくて、まともに彼女の顔を見ることができない。

「いろんな絵本があるんですね」

とっさに永遠子から目をそらして、智久は展示されている絵本をながめていく。

幼いころに読んでもらったと思うのだが、たくさんの絵本が並んでいると圧巻だ。おなじタイトルでも、絵によって、ずいぶんと印象がちがう。豚や狼《おおかみ》がリアルな動物のすがたとして描かれているものもあれば、擬人化されて服を着ているユーモラスなものもある。

丸々とした写実的な豚が三匹並んでいる絵本を手にとって、ぱらぱらとめくった。

智久の記憶では、最初にわらの家を作った子豚も、次に木の家を作った子豚も、狼に家を吹き飛ばされてしまうものの、レンガの家に逃げてきて助かっていたはずだ。だが、この絵本では、二匹の子豚が食べられてしまう展開になっていた。

しかも、レンガの家を吹き飛ばすことができなかった狼が煙突から家のなかへと侵入しようとすると、豚は煮えたぎった鍋を用意する。そして、煙突から鍋に落ちた狼を、豚はぐつぐつ煮込んで晩ご飯にして食べてしまうのだ。

「こういうシビアなラストもあるんですか」

智久が言うと、永遠子はうなずいて、いくつかの資料を広げた。

「これはジョセフ・ジェイコブスの『English Fairy Tales』に収録されている話を翻訳し

たものですが、ウォルト・ディズニーの製作したアニメーションだと、二匹の子豚も助かるのでそちらで内容を記憶しているひとも多いですね」

「ああ、そういえば、観《み》たことがある気がします」

ぷっくりした子豚たちが楽しげに「狼なんかこわくない」と歌っているアニメーションを智久は思いだす。あの映画では、二匹の子豚がわらや木でさっさとお手軽に家を建てて遊んでいる横で、末っ子の子豚はこつこつ真面目にレンガを積みあげていた。

この『三びきのこぶた』という物語は、いかにも西洋の話だという気がした。レンガが最強。レンガ造りの家ならば吹き飛ばされることはないというのは、建築において「壁」を重視する西洋の考え方だ。このあいだ読んだ『五重塔』でも描かれていたように、日本で古くから受け継がれてきた木組みの建物ならば、台風ですら持ちこたえることができる。木の家が、狼によって簡単に吹き飛ばされてしまうさまは、木造伝統工法の素晴らしさを知っている智久には不満だった。

「こうして並んでいると、ちがいを見比べることができて、面白いですね」

そんなことを言いながら、英語版の文章に目を通していたところ、あることに気づいた。

「木の家は、原文ではwoodではないんですか？」

英語版の文章では、二匹目の子豚が家の材料を手に入れる場面に「give me that furze to build a house」と書かれていた。

一匹目の子豚は「straw」で、三匹目の子豚は「bricks」で家を建てる。二匹目の子豚が「木の家」を建てるのなら、ここは「wood」ではないだろうか。この「furze」という英単語がどんな意味なのか、智久には知識がなかった。

「本当ですね。私もいま、気づきました」

智久の持っていた本をのぞきこんで、永遠子は言う。

「ちょっと待っていてください。辞書を持ってきます」

やがて、本棚から辞書と図鑑を取ると、永遠子は戻ってきた。

「これですね。ハリエニシダ。マメ科の植物とありますね」

永遠子は辞書を開いて、「furze」の項目を見せる。漢字では「針金雀児」と書くようだ。

つづいて、永遠子は図鑑を開いてみせた。

ハリエニシダの写真が載っている。花は黄色くて、名前に針という字がつくだけあって、ハリエニシダの葉は針状に尖《とが》っており、枝にも棘《とげ》がある。草丈《くさたけ》は二メートルに満たないほどで、枝も細い。

「なるほど。この植物で作った家なら、狼に吹き飛ばされても納得ですね。日本の木造建築をイメージすると、どうも腑《ふ》に落ちなかったのですが」

智久がそう言って笑うと、永遠子も笑みを浮かべた。

「そうですね。このジェイコブス版をもとにしたものは、木ではなく、木の枝や小枝と訳されているものもあった気がします。この本でも、木の枝になっていたはずです」

永遠子は展示されていたべつの本を手に取り、確認する。たしかに、そこには木の枝と書かれていた。

絵本によっては、ベニヤ板のような建材を使っていたり、丸太小屋のような挿し絵もあるのだが、棒切れや小枝を寄せ集めたような家が、このハリエニシダという植物で作った家のイメージに近いのではないだろうか。

「日本では馴染みのない植物だから、子供にもわかりやすいように、木と訳すことが多いのでしょうね」

永遠子の言葉に、智久もうなずいた。

「ハリエニシダの家と言われても、ぴんとこないですもんね」

「児童向けの作品では、そういうことって結構あるんです。ベーグルという食べ物がよだ一般的ではなかった時代には、ロールパンと訳されていたり……」

「へえ、そうなんですか。大人になってからこうやって絵本を見ると、また新しい発見があって面白いな」

いつか本物のハリエニシダを見てみたいものだ、と智久は思う。実際に、わらやハリエニシダを材料にして、家を建てるのも面白そうだ。その場合、どんなプランが考えられるだろうか。もちろん、ひとが住む家には適さないだろう。だが、実現を伴わないような案であっても、構想することで建築のヴィジョンが広がったりする。

そのとき、智久の脳裏にひらめくものがあった。

そうだ、ヴィンセントのカフェには、フランスの植物を使おう。

店舗においては、内装はもちろんのこと、外構の印象が重要だ。インテリアは居心地につながり、エクステリアは集客を左右する。

京都の町屋と、フランス菓子の融合。その媒介になるのが、エクステリア空間における植物たちで、日本庭園にフランスの花が咲いていることで、一体感を演出できるはずだ。

「ありがとうございます。この展示のおかげで、仕事のアイディアが浮かびました」

図書館の静寂を壊さぬよう声をひそめながらではあるが、智久は興奮気味に言う。

「お役に立ててよかったです」

永遠子もうれしそうに言って、智久を見あげる。

視線がぶつかって、見つめあうようなかたちになり、智久はどぎまぎしながら、あわてて目をそらした。

「すみません。お仕事中に邪魔して」

思いがけず立ち話が長引いた。これも会話が盛りあがっているということだろうか。

智久はとても楽しかったのだが、永遠子がどう思っているのかはわからない。

「あ、そうだ。今日はカフェに関する資料を探しに来たんです」

「カフェですか？」

「ええ、実は、仕事で町屋をリノベーションしたカフェを手がけることになって、そのイメージ作りというか、参考になりそうな資料を探そうと思って」

「お手伝いしましょうか？」

「できれば、お願いします」

「わかりました。では……」

展示コーナーの絵本を手早く整えると、永遠子は書架に向かう。

「インテリア関係でしたらこちらですね。それから、京都にあるカフェの案内書などはあちらに……」

カフェの資料といっても、開業のためのハウツー本もあれば、カフェのレシピ、おしゃれな飲食店の写真集、実際のカフェを紹介している観光ガイドブックなど多岐にわたる。それから、町屋のリノベーションが載っている資料も見ておいたほうがいいだろう。大沢事務所で請け負う仕事は新築の設計ばかりなので、リノベーションに関してはほとんど資料がなかったはずだ。調べなければならないことは山積みだが、永遠子のアドバイスのおかげで、智久は求めていたものを見つけることができた。

「ありがとうございます。助かりました」

数冊の資料を抱えて、智久は礼を述べる。

自分だけなら建築学の本棚にあるものくらいしか探せず見落としがあっただろうが、永遠子はさまざまな観点から資料を集めてくれた。

「さっそく、ここに載っているカフェを巡ってみたいと思います。あ、そうだ。司書さんはどこか、お気に入りのカフェとかあったりしますか?」

貸し出しを終えたところで、そんな質問をすると、永遠子は少し困ったような表情を浮かべた。

「申し訳ありません。司書という立場では、主観だけの回答はできないのです。カフェに関する資料などをお渡しすることはできますが、個人的な意見は……」

そうだった。あくまでも、彼女は司書であり、自分は図書館の利用者だ。

はじめて本を借りたときに比べて、彼女との距離が近くなっているような気がした。

だが、智久が利用者という立場だから、彼女は感じよく接してくれているだけなのだ。

個人的な親しさと勘違いしてはいけない。

舞いあがりそうになっていた自分に、智久は心のなかでそう言い聞かせる。

「すみません。変なことを訊《き》いて」

「いえ、こちらこそ。あの……」

一瞬、ためらうように言葉を切ったあと、永遠子はつづけた。

「素敵なカフェになるといいですね」

永遠子の顔に、ふたたび、笑みが戻る。

この笑顔だって、職務上のもの。

そう思って予防線を張りつつも、もはや、彼女への思いは止められそうになかった。

4

その日も朝から、浮き立つような気分で、智久は仕事に向かった。

このところ、やる気に満ちて、どんどん新しいことに挑戦したくなる。ヴィンセントのカフェの件も、楽しみで仕方ない。

永遠子と出会ってからというもの、なにもかもが新鮮で、輝いているようだ。学生時代に憧れの建築物をこの目で見るため、ヨーロッパやインドを旅行したときのような高揚感がずっとつづいている。

たったひとりの女性。それも、まだ恋人でもなんでもないというのに、ただ、そのひとが存在しているというだけで、これほどまでにエネルギーが湧いてくるというのは、自分でも不思議な感覚だった。

大沢設計事務所は、洗練されたガラスブロックの配置と格子状の窓が特徴的なコンクリート造りの三階建てで、遠くからでも目立つシンボリックな建物である。

事務所に行くと、換気をして、雑巾《ぞうきん》をしぼり、応接机の上を拭く。以前はもっと所員が多かったらしいが、いまは智久を含め六人で仕事をしている。各個人の作業用の机には、それぞれ必要なものが的確な場所に置かれているので、勝手に触らない。トイレ掃除をしたあと、観葉植物に水をやり、郵便受けから新聞を持ってきて、アルミ製のラックに引っかける。コーヒーメーカーを洗って、粉を補充する。

事務所でもっとも年少の智久は、朝一番に出社して、ほかの所員たちが気持ちよく働けるように用意をしておく。命じられたからやるわけではない。実力不足の自分が、仕事の上で貢献できている部分は少ない。いまの自分はまだ、教えてもらうことのほうが多いのだ。それを自覚しているからこそ、使いっ走りや下働きのようなことも苦にはならなかった。

智久は朝のこの時間が好きだった。いまなら電話もかかってこない。ひとりきりの空間で、だれにも邪魔されずに作業ができる貴重な時間だ。

「お、真渕、今日も早いな」

しばらくすると、所長の大沢正博《まさひろ》が、愛犬ロイドを連れてあらわれた。

大沢は六十近い年齢だが、週に三度はフィットネスジムで鍛《きた》えているというだけあって、体は引き締まり、バイタリティにあふれている。イタリア製ブランドの白いジャケットを身につけ、高級腕時計をこれ見よがしに巻き、ファッションの小道具として葉巻をくわえたすがたは、大沢という人間を相手に一目で印象づける。ハイセンスで、所得が高く、やり手の建築家。このひとに任せておけば間違いはない。

「おはようございます、先生」

智久はロイドのために、プラスチック製の容器に水を入れた。

ロイドは六歳になるコーギー犬で、事務所では智久よりも先輩にあたる。このコーギー犬の世話も、智久の仕事に含まれている。

「先生も今日は早いですね」

「プレゼンが近いからな。最後の詰めや」

「コーヒーでいいですか？」

「ああ、濃いめで頼む」

いれたてのコーヒーを持って、智久は大沢の机へと向かった。

大沢は関西を中心に教育施設やショッピングモールなどの設計を手がけており、業界内ではそれなりに名の知られた建築家だ。最近では活躍の場を海外に広げ、現在進行中のプロジェクトにも、韓国の大学やカタールのコンサートホールがある。

大沢の机の横にあるアクリルケースには、プレゼンテーションのために作ったコンサートホールの模型が飾られていた。舞台を囲むように客席を配置したワインヤード型のホールで、客席にはぺらぺらした紙の人物模型が座り、ホールにはオーケストラの模型も配置されている。

この白い模型には智久が製作した部分も多く、前を通るたび、つい頬がゆるんでしまいそうになる。自分の仕事が目に見えるかたちになるというのは、うれしいものだ。模型ですらこんな気持ちになるのだから、本物が完成した暁《あかつき》にはどれほどの感動があるだろうか。大沢の設計は身体感覚への配慮に定評があり、このコンサートホールもダイナミックなデザインながら、動線についてもこまやかに考えられており、竣工《しゅんこう》される日が待ち遠しくてならない。

「このあいだの修正プランはできてるか？」

「はい、こちらに」

大沢はコーヒーをすすりながら、智久の図面をチェックしていく。

事務所において設計案を出すのは主に大沢の仕事であり、智久は命じられたとおりに図面の修正を行ったり、建具など設備の洗い出しや、見積もり計算、模型作りなど、補助的な業務が多い。そこから学ぶことは多いのだが、このごろは自分でプランニングできないことに物足りなさを感じることも事実だ。

「よし、ええ感じやな。再来週の土曜で、クライアントにアポ入れておいてくれ」

満足げにうなずいた大沢の前で、智久は軽く息を吸う。

そして、ヴィンセントから頼まれたカフェの件について、話を切りだすことにした。

「先生、実は、折り入って、ご相談がありまして……」

打診を受けた日から二週間、仕事の合間をぬって、ヴィンセントと物件をいくつか見てまわった。そして、空間デザインから事業計画まで、さまざまなことを語り合った。

特にヴィンセントが気に入っていたのは、築百年近いという町屋で、走り庭と呼ばれる細長い台所があり、蔵がついた物件だった。いまは使われておらず、外観は老朽化していたものの、躯体《くたい》はしっかりしており、十分によみがえる余地がありそうだ。

物件を借りることができるかは不動産屋に打診中だが、智久はさっそく改装プランを考え、図面を引いてみた。

「町屋をカフェに？　リノベーション、ねえ……。気取った言い方をしたところで、結局はリフォームやろ」

意気揚々と話した智久に対して、大沢は難色を示した。

「おまえさ、うちの事務所に来て、何年になる？」

「五年目ですが……」

「いまが大事な時期だってわかってるよな？　そういう仕事はさ、ほかに任せておけばいいやろ。適材適所ってもんがある」

「もちろん、先生がお忙しいのは承知しています。この件に関しては、自分が責任を持って担当します。すでにいくつかプランも考えてあります」

「責任？　責任、なあ……」

低い声でつぶやきながら、大沢は顔をしかめる。

「それでもな、うちは大沢設計事務所なわけや。実際にだれが担当するのかということには関係なく」

「でも、先生……」

「おまえも、そんなことやってんと、コンサートホールとかで経験を積んだほうがいいことはわかってるやろ？」

「そちらの仕事も手を抜くつもりはありません」

智久はきっぱりと答えたが、大沢は渋い顔のままだ。

「とにかく、うちで扱う案件やない。ほかをあたってもらえ」

話はそれで終わりだというように、大沢はコーヒーを飲み干して、空になったカップを智久に渡す。そして、さっさとべつの仕事のファイルを広げて、顔をあげることはなかった。

こんな反応は予想していなかった。

事務所の状況としては、いま手がけている案件で手一杯ということはなく、新しい仕事を入れる余地はあるはずだ。

そろそろ自分もある程度の裁量を持つ仕事を任されてもいい頃合いだという気がしていた。

ヴィンセントから依頼された案件は規模的にもちょうどよく、大沢は快く智久に任せてくれるだろうと勝手に考えていたのだが……。

給湯室に向かって、水道の蛇口をひねり、カップを洗う。手足を動かしてはいるものの、智久は茫然《ぼうぜん》自失の状態にあった。

いっぱしの建築家気取りで、ヴィンセントに安請け合いしてしまったが、結局、自分が勤めているのは個人の名を冠した事務所であり、決定権は所長が握っている。どんなにやりたい仕事でも、上の人間がだめだと言うのならば従うしかない……。

いつのまにか、足もとにロイドが来ていた。

くぅん、とちいさく鳴いたロイドの声で、智久はようやく我に返った。コーギー犬のつぶらな黒い瞳が、自分を見あげている。智久はしゃがみこみ、その毛並みをなでた。

あたたかな毛並みに触れたことで、少しだけ元気を取り戻す。

落ちこんでいるひまなどない。まずは先ほど大沢から命じられたクライアントへの連絡だ。

ほかの所員たちもやって来て、事務所は活気を帯びていた。書類整理や法規確認、申請書類の役所への提出など、次々に用事を言いつけられ、あっというまに時間が過ぎていく。

「真渕くん。お昼、まだでしょう？」

声をかけられ、顔をあげると、先輩所員である石津《いしづ》ゆかりが立っていた。大学生の息子がいるという石津は、この事務所でもっとも古株の女性だ。服装が派手で、声が大きく、押しが強い。主に経理を担当しており、その処理能力の高さから事務所になくてはならない存在で、大沢さえも頭があがらないときがある。

「若いんやから、ちゃんと食べなきゃ。ほら、立って立って。ランチ、行くよ」

半ば強引に連れて行かれたのは、事務所近くのイタリア料理の店だった。事務所の新年会や打ち上げなどで、夜には来たことがあったが、ランチで利用するのははじめてだ。

「そういえば、真渕くん、料理教室に通ってるんやって？」

興味津々で、石津は話しかけてくる。

「いまどきは料理ができる男の子も珍しくはないもんね。夕飯とかも自分で作ってるの？」

「はい、簡単なものですが」

「えらいわねえ。うちも息子がちいさいうちから料理でもなんでも手伝わせて、家事ができるように仕込んでおいたんよ。おかげで、あたしが忙しくても、ちゃちゃっと自分で夕飯なんか作ってくれるし、手がかからなくて助かっているの。うん、男とか女とか関係なく、料理くらいできんとね」

石津は慣れた様子で、本日のおすすめパスタセットを注文して、智久に言った。

「なんでも好きなの、頼みや。経費で落としてあげるから」

「いや、でも……」

「ええのええの、所長に頼まれてるんやから。真渕がしょげてるようなら励ましたってくれって」

大沢の気遣いを知らされ、智久は複雑な気持ちになる。朝のやりとりから、てっきり、所長は自分のことなどまったく評価しておらず、一顧だにされていないものだとばかり思っていた。

石津とおなじパスタセットを注文して、智久は水を一口飲む。

「くわしいことは聞いてないんやけれど。なにがあったの？」

　カフェの件について、智久はかいつまんで石津に説明した。所長に対してはまだ納得できないものを感じていたが、感情的にならないように冷静に言葉を選んだつもりだ。

「なるほどねえ。それやったら、真渕くんが落ちこむのも無理ないね」

「いまはそんなに仕事が立てこんでいるというわけでもないと思うのですが……。自分が担当できないにしても、せめて、事務所で引き受けてもらうことはできないでしょうか？」

　やはり、どうしてもあきらめがつかず、智久は言った。

「うーん、どうやろ。微妙な問題やなあ……」

　運ばれてきたサラダに手をつけながら、石津は難しい顔をする。

「所長が引き受けないのは、忙しさとかじゃなく、もっとべつのところに理由があるんよ」

「理由って、どういうことなんでしょうか？」

　真剣に問い返す智久に、石津はサラダを食べる手を止めた。

「わからへん？」

　自分が力不足だから、仕事を任せてもらえないのだと思った。

だが、べつの理由とは？

見当がつかず、智久は首をかしげる。

「仕事はどれもおんなじではない、っていうこと」

苦笑を浮かべ、石津は言った。

「料理教室のことなんかでもそうやけど、真渕くんって、公平な感覚の持ち主よね」

しゃりしゃりとレタスを噛《か》んで、石津は話をつづける。

「きっと、真渕くんの世代の子には、男女平等の意識が自然なこととして身についているんやろうね。もし、結婚しても、真渕くんは家事だって公平に分担するでしょう？」

「そうですね。共働きだったら、それが当たり前っていうか」

智久の脳裏に、永遠子のすがたが浮かぶ。

先走りすぎていると我ながら苦笑してしまうが、結婚という未来図を描いたとき、そこにいるのは彼女だった。

「でも、先生なんて、家事は全部、奥様に任せきりで、家じゃなんにもせえへんらしいから。あたしたちの若いころは、仕事の上でも、お茶くみや掃除は女性の仕事っていう感じで、先生のなかにもそういう意識は残ってるんやろうね」

「はあ……。でも、事務所ではそういうことはない気がしますが……」

事務所には女性の所員もいるが、来客にコーヒーをいれたり、電話を取ったりするのは最年少である智久の役割だ。大沢は性別に関係なく、能力のある者には仕事を任せているように見えた。そんな智久の疑問を察したらしく、石津はうなずいて言葉をつづける。

「そりゃ、先生も表立って差別なんかしないわよ。国際的に活躍するには、そういう面での配慮が必要やとわかってるからね。でも、理解があるふりをしていても、心の奥底には、男が料理なんて……みたいな抵抗を捨て切れてへんのよ、いまでも。それで、今回の件も、先生のそういう心の奥の部分に、理由があるっていうわけ」

言われてみれば、大沢は智久が料理教室に通っていることについて、お稽古ごとをする余裕があるなんてOLみたいだな、とひやかすような発言をしたことがあった。自分が若いときは仕事を覚えるので精一杯でとてもそんなひまはなかった、などとあきれたようにつぶやいてもいた。そのときには気づかなかったが、男が料理教室に通うということは、大沢にとっては引っかかることだったのだろうか。

「先生はさ、ショッピングモールの設計を足がかりにして、名をあげて、いまでは海外の公共施設を手がけることができる立場になったのよ」

石津は「名をあげて」という言葉を幾分か強く発音した。

「暗黙の了解として、建築の仕事にはヒエラルキーみたいなものがあるんよ。真渕くんはそういうの、あんまり意識してへんのやろうね。でも、気にするひとは気にする。教会や美術館や図書館といった文化的な香りがする公共施設を手がけてこそ、一流の建築家。先生の若いころには、商業施設っていうのはね、庁舎や文化公共施設に比べたら、格下扱いされてたんよ」

　建築に興味のないひとでもガウディの名前とサグラダ・ファミリアの存在くらいは知っているように、教会というのは花形的な存在であり、建築家ならば一度は手がけてみたいと憧れを抱《いだ》くものだ。だから、石津の言うことも、わからなくはない。だが、指摘されるまで、智久はそんなふうに考えてみたことはなかった。

「その商業施設より下なんが、ふつうの個人住宅や小規模な店舗で、そんな細々《こまごま》とした仕事では、建築家と名乗るのは恥ずかしい。それに、リノベーションだとかリフォームだなんて工務店がやるようなことで、建築家のする仕事じゃない。先生にはそういう意識があるんやろうね。カフェで、しかもリフォームでしょう？　そんな仕事を引き受けてしまっては、レベルの低い事務所だと思われる。先生にしてみれば、建築家としてのプライドが許さないのよ」

　パスタが運ばれてきたので、石津はそこで言葉を切って、フォークに手を伸ばした。

食欲はなかったが、智久もパスタに手をつける。

「大沢設計事務所は世界規模のプロジェクトを扱っている。そういう自負が先生にはあるから、周囲になめられるような仕事を事務所で引き受けるわけにはいかへんのよ。だから、けんもほろろに断ったんやろうね。真渕くんにはまだ仕事を任せられへんからとか、そういう理由じゃないの」

「そんな……」

目には見えないけれども、不文律として存在しているらしい仕事の格というもの。海外の公共施設の建築はやりがいのある仕事だが、町屋をカフェにリノベーションするような仕事は引き受けない。それが建築家としてのプライドだって？　石津の説明を聞いて、智久はすうっと心が冷えていった。

……ばかばかしい。

大沢のことは尊敬している。所長としても、その実績に対しても。だが、言わずにはいられなかった。

「感動できる教会を作るのも、感動できるカフェを作るのも、おなじじゃないですか。引き受ける前の段階で、仕事にちがいがあるなんて、そんなのばかみたいですよ」

つい語気が強くなってしまった智久に対して、石津は軽く肩をすくめただけだった。

「あたしに言われてもねえ」

智久はそれ以上、なにも言えず、黙ってパスタの残りを食べる。パスタはすっかり冷めており、トマトソースの酸味を強く感じた。

5

カフェの件を却下されてしまったということ……。

そのことを智久はヴィンセントに言いだせないでいた。

直接、会って伝えるほうがいいだろうなどと思っているうちに、料理教室の日がやって来た。

言おう、言おうと思うのだが、乗り気になっているヴィンセントに申し訳なくて、自分の不甲斐《ふがい》なさが情けなくて、なかなか切りだすことができない。

ほかのひとたちがいるところで話すのではなく、教室が終わってから、帰り道にでも、打ち明けよう……。

心のなかで言い訳をして、とりあえず、愛子先生に教わりながら、料理を作っていく。

「真渕さん、今日は元気ないですね。どうかしましたか?」

盛りつけのための食器を選んでいると、愛子先生に声をかけられた。

「いえ、そんなことは……」

悩んでいる素振りを見せたつもりはないが、愛子先生にはお見通しなのだろうか。

胸に重石《おもし》を抱えた気分で、料理を盛りつけ、卓袱台を囲むと、手を合わせて「いただきます」とつぶやく。

いつか話していたとおり、今日のメニューには生麩のチーズ挟み揚げがあった。

生麩のまんなかに切れ目を入れて、とろけるチーズを挟み、海苔《のり》で巻き、片栗粉をまぶして、多めの油でこんがりと揚げ焼きにしたものだ。

抹茶塩《まっちゃじお》をちょんっとつけて食べると、表面はさくっとしつつも、生麩のもっちりとした歯ごたえがあり、熱々のチーズが出てくる。ほろ苦い抹茶の風味もよく、ビールが欲しくなるオツな味だ。

「いや、これはおいしいですね」

思わずつぶやいた智久に、ヴィンセントも力強くうなずく。

「実に、美味だ。シャブリが欲しくなる」

すると、佐伯がにやりと笑った。

そして、背後から酒瓶を取りだし、卓袱台にどんっと載せる。

「そんなもんより、これやろ」

伏見《ふしみ》の名水を使った純米吟醸《ぎんじようしゆ》酒だ。

「花見酒として用意しとったんやけど、今年は雨やらで機会を逃してもうた。ひとりで飲むのも味気ないから、持って来たんや」

ヴィンセントや智久だけでなく、ミキも目を輝かせる。

「わあ、愛子先生、お酒の持ち込み可なんですか？」

「ええ、もちろんですよ。はい、どうぞ」

愛子先生は古伊万里《こいまり》らしき猪口《ちよこ》を運んできて、それぞれに手渡した。

「サエキ、あんたはいい男だな！」

酒を注《つ》がれながら、ヴィンセントが感動した面持ちで言う。そして、ぐいっと飲み干すと、嘆息して、しみじみつぶやいた。

「くうっ、たまらない。この一杯」

ミキも両手で包みこむようにして猪口を持つと、ちびちびと酒の味を楽しんでいる。

「おばんざいって、ご飯にもお酒にも合いますよね。ああ、幸せ」

佐伯は智久の猪口にも酒を注いでくれた。

澄んだ川の水にも似た透明な液体は、口に含むと、馥郁《ふくいく》とした香りがふわりと広がり、鼻に抜けていく。まろやかな味わいが舌を滑り落ち、喉切《のどぎ》れもよく、優雅な残り香がある。あまり日本酒を飲み慣れていない智久にも、かなり上質なものだとわかった。

「そんで、その後、調子はどうなんや？」

ぼそりと言った佐伯に、智久は一瞬、返事につまった。

すると、横からミキも身を乗りだしてくる。

「そうそう、図書館の美女さんとは、どうなったんですか？」

仕事の件ではなく、そちらの話か。

「いちおう、顔見知りというか、ちょっとした会話くらいはできるようになりました」

「よかったですね。うんうん、少しずつでも、距離を縮めていけるといいですね」

頰をほんのりと桃色に染めて、ミキは楽しそうに言う。

「そうか。暗い顔してるから、てっきり、振られたんかと思ったわ」

関心のなさそうな顔ながらも、佐伯はつぶやく。

その言葉に、ミキは弾けるような笑い声をあげた。

「えええっ、佐伯さん、何気にひどい」

「でも、ま、一回や二回、断られたくらいではあきらめへんことやな」

普段、あまり会話に入ってくることのない佐伯だが、彼なりに気にかけてくれていたのだろう。その心遣いを知り、智久は酒の味がますます良くなる気がした。

あきらめないこと。

その言葉は恋愛についてのアドバイスなのだろうが、智久にとってはもうひとつの懸案事項についても、突き刺さった。

大沢に断られたといっても、まだ、一回だけだ。

それで、あきらめていいのだろうか？

悶々《もんもん》としながら猪口を傾ける合間に、料理をつまんでいると、卓袱台に愛子先生の手が伸びた。

「よかったら、これもどうぞ」

愛子先生が差しだした長方形の皿には、串に刺された生麩が四本、並んでいた。

「残ってた分の生麩を田楽にしました。簡単なんですよ。軽くあぶって、柚子味噌《ゆずみそ》をのせるだけですから」

これまた酒に合いそうな料理の登場に、歓声があがる。

おなじ素材でも、調理法がちがうと、目先が変わって、新鮮に感じる。

猪口が空になると、すかさず佐伯が注ぐので、智久はほろ酔い加減になってきた。

全身がぽかぽかとあたたかくなり、酩酊《めいてい》というほどではないが、ふわふわとした浮遊感が心地よい。

「……本当に、素晴らしいカフェになると思うのだ、なあ、トモ?」

気がつくと、ヴィンセントに背中を叩かれ、智久は大きくうなずいていた。

「ええ、絶対に。オープンしたら、みなさんに来ていただきたいんです」

なにを言っているんだ、自分は。

口から出た言葉に、頭のなかの冷静な部分が、驚いている。

カフェの件は、所長に却下されたから、もう……。

だが、言葉は止まらない。

「建築っていうのは、物件が完成して、クライアントに渡したら終わりっていうんじゃなく、その先を考えなくちゃいけないと思うんです。それって当たり前のことなのに、最近は事務所の仕事が忙しくて、所長にＯＫもらうことが目的になっていたというか、根本的なところを忘れていた気がして……。今回、古い物件を手がけることで、受け継ぐとか、残すってことを意識するようになって……。自分の仕事っていうのは、手が離れたあとも、知らないひとにいろんな影響を与えるわけなんですよ」

猪口を片手に、宣言するように述べて、ぐるりと卓袱台を見まわす。

「カフェって、ヴィンセントさんからの依頼ではあるけれど、ある意味で、オープンしたあとに来るお客さんすべてが心地よく過ごせるために作るものでもあるんです。実際のクライアントだけじゃなく、利用者のための設計っていうか」

酒の勢いもあって、智久はいつもより饒舌《じょうぜつ》になっていた。

仕事の関係者には言えないような思いも、ここでなら口にすることができた。

「だから、自分にとっての一番の喜びっていうのは、立派な建物を作って賞をもらうとか、業界で高く評価されるとかじゃなく、カフェなら、そこが居心地のいい場所になって、気に入ってくれるお客さんがいて、ずっと、使いつづけてもらえることで……、そんな仕事がしたいんです」

長々と語ったあと、なに熱くなってるんだ……と気恥ずかしくなり、智久は酒をあおる。

自分がそんなことを考えていたとは、自覚していなかった。この場がなければ、改めて深く考えもせずに、事務所と自宅を往復して、仕事をつづけていただろう。

「お教室とおんなじですね」

やわらかく微笑んで、愛子先生が言った。

「お料理を教えるんも、そのときで終わりというんやなくて、生徒さんが気に入ってくれはって、おうちで何度も作って、自分のものにしてもろうて、ようやく、お役目を果たせた気になります」

愛子先生の言葉を受けて、智久は心強く感じた。

自分の仕事が、だれかの役に立ち、人生を豊かにする。

愛子先生だけでなく、ヴィンセントも、ミキも、佐伯も、この場にいるひとたちはその気持ちを理解してくれる気がした。

智久は先ほど愛子先生が出してくれた生麩の田楽をじっと見つめる。

あぶって味噌をつければ酒の肴《さかな》にぴったりの生麩だが、あんこと合わせることで和菓子にもなったりする。

やりようはいくらでもあるはずだ。

素材は変わらなくとも、味つけを相手の好みに合わせることで、ちがった展開を引き寄せることができるのではないだろうか。

そう、だから……。

あきらめるのは、まだ早い。

もう一度、所長にぶつかってみよう。

そう心に決めて、智久は生麩田楽にかじりついた。

＊＊＊

翌週の月曜日。

智久は事務所で仕事をしながらも、大沢の様子を見て、チャンスをうかがっていた。

大沢はロイドをなでながら、電話の相手と談笑している。機嫌はよさそうだ。

会話が終わり、大沢が電話を切ったところで、すかさず「先生！」と声をかけた。

「例のカフェの件なのですが、やっぱり、あきらめきれません。お願いします！　やらせてください」

単刀直入に申し出て、ぺこりと頭を下げる。

自分が経験不足だから任せてもらえないのなら仕方がないと思った。

だが、大沢の思いこみやこだわりのせいで仕事を選《え》り好みしているのだとしたら、まだ突破口はありそうだ。

「たしかに町屋をカフェに改装するなんて、規模としては取るに足らないような仕事で、この事務所にはふさわしくない案件かもしれません。でも、最近は古民家再生などといったプロジェクトにも注目は集まって、メディアに取りあげられる機会も多いです。これまでのスクラップ・アンド・ビルドから、既存ストックを活用するという方向も、建築の未来におけるひとつのあり方ではないでしょうか？　いま、自分が通っている料理教室も取り壊し寸前の長屋だったそうですが、素晴らしい空間になっているんです。せっかく歴史のある京都という町にいるのだから、それを活かすような仕事をしてみたいです」

一気にまくしたてて、おそるおそる大沢の表情をうかがう。

「またその話か。おまえもしつこいやつやな」

大沢は眉をあげて、あきれたような表情を浮かべた。

「はい！　どうしても、やりたいですから」

「それでも、だめと言うたらどうするんや？」

ヴィンセントから頼まれた仕事を引き受けたい。だが、この事務所にいる以上、それが無理だというのなら……。

智久の頭に、辞める、という言葉が浮かんだ。だが、即座に口にすることはできない。

それを見透かしたように、大沢は意地の悪い笑みを浮かべた。

「自分でやりたいように仕事がしたいんなら、早く独立することやな」

「わかっています。でも、いまはまだ先生のもとで勉強したいんです。今回の件も、お願いします。学ばせてください。プランはあるんで、ぜひ、先生にアドバイスいただきたいんです」

大沢の建築家としてのプライド。そのあり方は智久とはちがっているようだが、建築への情熱はおなじはずだ。

相手の好みを見極めて、一味ちがうアプローチをする。

大沢がプライドの高い人間だというのなら、そこをくすぐろう。

「ただのリノベーションじゃなく、その先にある建築のすがたを模索したいんです。さすがは大沢事務所だと言われるような仕上げにしてみせます。やらせてください！」

「へえ、気骨のあるとこを見せるようになったやないか」

葉巻をくわえると、大沢はからかうように言った。

「なあ、真渕。おまえはな、まじめで素直なんが長所やけど、同時にそこが欠点でもある。この業界で生きていくつもりやったら、もっと、野心を持って、狡猾《こうかつ》にならんと」

マッチで葉巻に火をつけ、煙を吐きだしてから、大沢は言葉をつづける。

「でも、ま、そういう駆け引きなしで、正攻法で来るところが、おまえの強みなんかもしれんな。アホみたいにまっすぐで、ある意味、羨《うらや》ましいわ」

わざとらしくため息をついて、大沢はじろりと智久をにらんだ。

「そこまで言うんやったら、やってみろ」

「え、先生……」

「木造のリフォームなんてちんけな仕事、制約は多いし、手間だけかかって、実入りは少ない。だが、経験にはなるやろ。知り合いに古材にくわしいやつがいるから紹介したる。休日返上して、働け。ただし、仕事の能率は落とすなよ」

「はいっ、ありがとうございます。ほかの仕事も精一杯やりますし、絶対に迷惑はかけません！」

智久は感激を隠しきれない声で言うと、もう一度、頭を下げる。

顔をあげると、部屋の隅の机にいる石津の視線に気づいた。

石津は成り行きを見守ってくれていたらしく、智久の健闘をたたえるように、音を立てずに拍手をしてみせた。

6

大見得を切った以上、智久は必死になって仕事をした。

休みの日も、ほとんど自宅で仕事をしているのだが、不満は感じない。ほかに熱中できることはなく、結局、仕事について考えるのが、もっとも楽しいのだ。

一カ月があっというまに過ぎた。

ヴィンセントのカフェは、最初に目星をつけた物件は断られたものの、それ以上にヴィンセントの希望にぴったりの町屋とめぐりあって、無事に借りることができ、設計の段階はすでにクリアして、あとは工事に入るだけとなっていた。

パソコンを使って、大工や左官、塗装といった職人の手配、給排水工事、ガス工事、資材や建具などの搬入日など、作業の段取りを決め、必要な日数を計算して、全体の流れを工程表にしていく。

工程表を作るのは、パズルにも似た面白さがある。

工期を短縮するためには、職人を増やせばいいが、そうするとコストがあがる。それに、資材を搬入してからでなければ行うことのできない作業もあるので、その前に職人を入れてしまえば、無駄手間となってしまう。

天候などこちらの予定どおりにいかない部分もあるが、きちんと段取りを考え、いかに的確に効率よく配置するかというのが、工程表を作る上での腕の見せどころだ。

昼前から取りかかり、気がついたときには午後の三時を過ぎていた。集中が途切れた途端、空腹に気づく。コーヒーは飲んだが、食事らしいものは口にしていなかった。

冷蔵庫を開け、牛乳を取りだす。コーンフレークがあったので、牛乳をかけて、食べる。

だが、なにか、ちがう。しっくりこない。

コーンフレークを咀嚼《そしゃく》しながら、唐突に、湧きあがってくる欲求を感じた。

……生麩が食べたい。

もっちりした食感、弾力のあるたしかな歯ごたえ、つるんと滑り落ちていく喉越し。

愛子先生の教室で教えてもらった生麩入りの大根と鶏の炊いたん、あの味が、食べたい。

一度、思い浮かべると、矢も盾もたまらなくなり、智久は買いだしに行くことに決めた。

歩きながら、ミキから聞いた錦市場の店のことを思いだす。生麩は近くのスーパーマーケットでも売っているが、どうせなら、錦市場まで足を運んでみよう。

休日だけあって、錦市場は観光客も多く、にぎわっていた。

錦市場には何度も来たことはあったが、一度も、生麩を買ってみようと思ったことはなかった。

これまで食べる習慣のなかった生麩というものが、自分の人生に加わった。改めてそのことを考え、面白い、と智久は思う。人生におけるささやかな変化。大人になってからでも変わっていく自分。

錦市場の店は専門店だけあって、たくさんの種類の麩が並んでいた。シンプルな牛麩だけでなく、あざやかなオレンジ色をしたパンプキン麩やよもぎを練りこんだ緑色の生麩などが並び、花を模したものもあり、美しい。

目移りしつつも、あわ麩を買うことに決め、かごにいれたところ、笹で巻かれたものを見つけた。

麩まんじゅう、とある。

ミキが絶品だとすすめていた生麩を使った和菓子だ。

しっとりと濡れた笹は、いかにも清々《すがすが》しい。

ああ、そうだ、これも食べてみたかったんだ、と手に取る。

そのとき、背後から声をかけられた。

「こんにちは」

耳に心地よいその声に、智久は驚いて、顔をあげる。

そして、危うく、手に持った麩まんじゅうを取り落としそうになった。

すぐ近くに、永遠子がいたのだ。

「あ、こんにちは」

とりあえず、挨拶を返してみたが、いまだに信じられない。

どうして、彼女がここに……？

今日の永遠子は、いつも図書館でつけている紺色のエプロンを着ていない。そのせいか、図書館で会うときとは、またちがった印象を受ける。

「お買い物ですか？」

永遠子の言葉に、智久はあわててうなずく。

「はい、知人にここの麩まんじゅうがおいしいと教えてもらって」

「そうなんですか。私も大好物なんです。家が近いから、よく買いに来るんですよ」

永遠子はそう言って、笹に包まれた麩まんじゅうに手を伸ばした。

まさか、こんなところで、永遠子と出会うとは思わなかった。

感謝しますよ、ミキさん!

この店の情報を教えてくれたミキに、心のなかで智久はつぶやく。

永遠子の買い物は、麩まんじゅうだけのようだ。

「あ、どうぞ、お先に」

店員のいるほうを手で示して、永遠子をうながす。

智久が会計を済ませて、店を出たあとも、まだ永遠子のすがたはあった。

「このあいだは、資料探しを手伝っていただいて、ありがとうございました。おかげさまで、いいカフェになりそうです」

ぺこりと頭を下げた智久に、永遠子は笑顔を返す。

「いえいえ、お役に立ててよかったです」

図書館で会話を交わすたびに、見えない壁を感じていた。

彼女は司書で、自分は利用者に過ぎない。彼女が自分に親切にしてくれるのは、あくまで、それが仕事だからだ。本を探す手伝いはしてくれても、彼女の内面を見ることは決してできない。

でも、いまなら……。

ここは図書館じゃない。彼女は司書という立場ではなく、プライベートだ。

だから、彼女の主観的な考えだって、訊くことができるのではないだろうか。

餡《あん》の入った麩まんじゅうが大好物ということは、きっと、永遠子は甘いものが好きなはずだ。

それならば……。

智久は脳裏に、自分の手がけたカフェをおとずれる永遠子のすがたを思い浮かべる。

その想像を、現実のものにするためには、一歩、踏みだすしかない。

言え！　言ってみろ！

心のなかで、自分を鼓舞する。

ヴィンセントのカフェの仕事をどうしてもやりたくて、所長に思いの丈をぶつけた。

それと、おなじことだ。仕事のときにはできたのだから、いまだって……。

勇気を出せ！

駆け引きなしで、正攻法。

知りたいことは、ストレートに訊いてみるしかない。

「あのっ、カフェがオープンしたら来てもらえませんか？」

言った……。言ってしまった。

智久は手を広げると、顔の前で、ぶんぶんと振りまわす。

「いや、その、お世話になったので、ぜひ、来ていただきたくて。フランス人パティシエが作るケーキが絶品なんですよ。それで、オープニングレセプションの日時などが決まったらお知らせしますので、えっと、よかったら、連絡先を……」

智久の必死な様子がよほどおかしかったのか、永遠子はくすりと笑みをもらした。

笑われてしまった……。

がっくりと肩を落として、智久は後悔に打ちひしがれる。

やっぱり、言わなければよかっただろうか。

気まずい……。

おかしなことを言ったせいで、これから図書館にも行きづらくなってしまうかもしれない。

そんなふうに考えて、落ちこんでいたところ、永遠子の声が聞こえた。

「メールアドレスで、いいですか?」

一瞬、智久は自分の耳を疑った。

あわてて、大きくうなずく。

「はい！　えっと、なにか、書くもの……」

智久は手帳を広げて、永遠子に差しだす。

永遠子は端正な文字で、手帳のページにアルファベットを書き連ねていく。

「私も、古い建物が好きなんです」

そう言いながら、永遠子は智久に手帳を返す。

「写真が趣味で、ヴォーリズの洋館とか巡ったりしているんですよ。だから、実は、真渕さんのお仕事のこと、気になっていたんです」

その声にはどこか親密さを感じさせる響きがあった。

「カフェのオープン、楽しみにしていますね」

「ありがとうございます！」

礼を言って、智久は去っていく永遠子の後ろすがたを見送った。

第二話

であいもん

1

日が落ちても生ぬるいままの空気に、夏のおとずれを感じる。

その夜、ヴィンセントは慣れ親しんだフランス菓子店で、最後の仕事を済ませた。

「みなさん。いままで、いろいろとありがとうございました」

私服に着替えたあと、ヴィンセントは職場の仲間たちに挨拶をする。

「本当に、辞めてしまうのね」

経営者である須磨崎里枝《すまざきりえ》が名残《なごり》惜しそうに言って、ヴィンセントを見あげた。

「お世話になりました、マダム」

独立したいということを言いだせないでいる時期が、もっとも苦悩した。

職場と家を往復するだけの生活に嫌気がさして、土曜の夜には必ず休みをもらうようにして、春から料理教室に通いはじめた。京都の伝統的な食材や料理法を学ぶことは、ケーキ作りにおいても刺激になるだろうと思ったのだ。

愛子先生の料理教室を見つけたときには、まさに思い描いていたとおりの場所だと思った。先生は大和撫子《やまとなでしこ》のような女性で、年月を重ねた建物の雰囲気もよく、季節の食材を活かした料理の数々は自分のスタンスと近く、すっかり気に入った。しかも、そこで縁《えん》がつながり、独立に向けて、具体的に動くことになった。

須磨崎は熱心に引き留めたが、最終的には応援してくれた。

この店での仕事に、大きな不満があるわけではない。

ただ、飽きてしまったのだ。雇われパティシエという立場に。安定した人気のケーキを大量生産することに。作業を分担して、日々の業務をこなしていくことに。

須磨崎は京都府内でパティスリーやドーナツ専門店などの飲食店を六店舗、経営している。なかでも、ヴィンセントの勤めている店は規模が大きく、販売員を含めて十人以上のスタッフを抱えていた。

ヴィンセントが考案したケーキのルセットはすべて、店に残すことになっている。自分がいなくても、うまくまわしていけるだろう。それならば、新しい場所で、新しいことに挑戦したかった。

リヨンで生まれたヴィンセントは、あることをきっかけに、幼いころからパティシエになろうと決めていて、職業学校で製菓を学び、地元の老舗《しにせ》パティスリーで修業をしたあと、パリでも指折りのレストランで食後のデセールを担当するパティシエになった。

そこに、須磨崎があらわれたのだった。

デセールを作った人物と話したいという客がいる、とギャルソンに言われ、ヴィンセントは客席に顔を出した。

窓際のテーブルには、アジア系の上品な婦人がいた。華美ではないが、さりげなく上質なものを身につけており、ハイブランドのワンピースが嫌みなく似合っていた。

同席していた男性は地味で、まったく印象に残らなかった。のちに、彼は須磨崎の秘書だったと知る。

日本人だろうか、とヴィンセントは思った。

子供のころに見たアニメ番組の影響で、ヴィンセントは日本という国に憧《あこが》れを持っていた。大人になってからも、谷口《たにぐち》ジローの漫画を読んだり、小津安二郎《おづやすじろう》や黒澤明《くろさわあきら》の映画を観たりしては、趣《おもむき》のある日本家屋の暮らしや、四季折々のものを取り入れる繊細な食文化に心惹《ひ》かれていた。

――面白いデセールを作る若手がいると耳にしたのよ。わざわざ来た甲斐《かい》があったわ。

須磨崎は気さくな笑顔を見せると、軽やかなフランス語で、ヴィンセントの作ったデセールがどれほど素晴らしかったかを語った。

その賛辞を、ヴィンセントはうれしさ半分、困惑半分で聞いていた。

おなじ職場で働く料理長は、仕事に対する誇りと比例するように嫉妬《しっと》深さも持ち合わせた人物であり、以前にも自分だけが賞賛され、面倒な立場に立たされたことがあった。

――ふたりきりで話したいことがあるの。連絡して。

名刺を渡され、そうささやかれたとき、ヴィンセントは恋の駆け引きを求められているのかと思った。

しかし、そのわりに、須磨崎のまなざしには夢見るようなところがなかった。黒い瞳の奥には、他人を値踏みすることに慣れている者特有の容赦《ようしゃ》のない鋭さがあり、ヴィンセントは気づくと「ウィ、マダム」とうなずいていた。

次の休みの日、須磨崎と会った。

そして、引き抜きの話を持ちだされたのだった。

――いっしょに日本に来て。悪いようにはしないわ。

これがもし、ほかの国なら断っただろうが、以前より興味のあった日本だったので、ヴィンセントは旅立つことを決意した。

身ひとつで異国の地へ行くヴィンセントに対して、当時つきあっていた恋人はあっさりと別れを選んだが、さほど痛手は受けなかった。そういうものだ。視界から消えれば、心からも消える。別れの喪失感よりも、日本に行けば新しい出会いがあるだろうという期待感のほうが大きかった。

日本での暮らしは、住む場所から語学学校の準備まで、須磨崎の秘書が手配してくれたので、不都合を感じることはなかった。

仕事の上では、現場の主任であるシェフパティシエの立場が用意されていた。いきなり店のすべてを取り仕切ることができるのだから、破格の待遇だ。

当初、店は売り上げが低迷して、危機的状況にあった。それをヴィンセントはひとつひとつ、立て直した。まず、食材の仕入れ先を一新した。果物は産地まで出向き、自分で味をたしかめて、厳選したものを仕入れ、ショーケースにも飾った。これまで店で使っていた果物はどれも不自然なほど甘く、そのせいで全体の印象がぼやけていたのだ。しっかりと酸味のある苺や桃ならば、フルーツタルトを作るときにも、濃厚なクリームに負けない。また、お菓子に光沢を与えるナパージュを効果的に使うことで、きらきらと輝くような美しさを演出した。

ヴィンセントの手にかかると、ショーケースは見ちがえるほど、きらびやかになった。

パティシエとしての才能や技術に加えて、ヴィンセントにはもうひとつ、決定的な利点があった。見栄えがする容姿のため、フランス人パティシエが作る本場の味として、メディアに取りあげられる機会が多かったのだ。そのあたりも須磨崎の狙いどおりだったのだろう。新作のケーキはどれも話題を呼び、ついにはデパートの地下食料品売り場に支店を出すまでになった。

改めて、ヴィンセントはおなじ職場で働いていた仲間たちの顔を見まわす。

「なにかあったら、いつでも声をかけてください。手伝いに来ますから」

すると、須磨崎はふっと笑みをこぼした。

「なに言っているのよ。新しい店をオープンさせるのだから、そんな余裕ないでしょう。それはこちらのセリフよ。助けが入り用なら、いつでも言って」

独立に関して、須磨崎は資金提供まで申し出てくれた。もちろん、断ったが。せっかく一から自分の力だけでやろうとしているのに、パトロンがいては意味がない。

ここで働くスタッフたちには、まだ仕事が残っている。明日の仕込みの邪魔にならないよう、ヴィンセントは簡単に挨拶を済ませて、店をあとにした。

「これから帰るだけなんでしょう?」

須磨崎が歩いてきて、となりに並ぶ。

「少し、飲まない?」

「もちろん、いいですね」

須磨崎は慣れた足取りで、オフィスビルの二階にあるバーに入っていく。

カクテルよりもワインを売りにした店らしい。

まずはシャンパンで乾杯した。

「正直なところ、あなたに去られることはうちの店にとって大きな痛手よ」

オリーブをつまみながら、須磨崎はヴィンセントへ視線を向けた。

「すみません、マダム。お世話になったこと、感謝しています」

「どうして、あなたの独立を容認したのか、わかる？」

ヴィンセントは黙ったまま、目を大きく見開き、言葉のつづきを待つ。

「従業員には手を出さない主義なのよ、私」

真剣なまなざしでヴィンセントを見つめたあと、須磨崎は笑い声を立てた。

「なんてね、冗談よ」

澄ました声で言うと、須磨崎はフルートグラスを傾ける。

自分の人生に大きな転機を与えたこの女性について、ヴィンセントはほとんどよく知らなかった。年齢がいくつなのかも、恋人がいるのかどうかも。

フランスでは、マドモワゼルという敬称には、未熟さや一人前として認められていないといった意味合いも含まれる。なので、目上の女性である須磨崎をマダムと呼んでいるのだが、実際のところ、彼女は現在、独身のようだった。

「経営者としては、有能なパティシエを手放したくはなかった。けれども、ひとりのお菓子好きとしては、行ってみたいと思ったのよ、あなたが作る店に」

「ありがとうございます。ぜひ、食べに来てください」

「アシェットデセールの専門店なんでしょう？　話題になりそうよね」

カフェで出すのはアシェットデセール、皿盛りデザートにしようと、ヴィンセントは考えていた。

ただケーキを飲み物とセットで提供するのではなく、一枚の皿をキャンバスに見立て、芸術作品を仕上げるようにして、さまざまなお菓子を盛りつけていく。最高のものを味わってほしいのでテイクアウトはない。

持ち帰る場合には、ケーキの形状や素材に制約ができてしまう。どれほど味わい深く美しくても、壊れやすければ売り物にはならない。

その点、皿盛りデザートなら、自由度が高く、これまではできなかった表現にも挑戦できる。

「京都にもたくさんカフェはありますが、本格的なデセールを出す店はまだ少ないですから」

「あなたの皿盛りのセンスは、喫茶室のないうちの店じゃ活かせないものね」

「日本の店に来たときには、どこでも保冷剤をつけてくれて、驚きました。持ち帰りの時間が長いと、味が落ちてしまうのに」

フランスに比べ、日本のパティスリーは包装が厳重だ。折りたたみのできる紙箱にケーキを固定して入れる技術などは、目を見張るものがある。紙箱のなかにケーキガードで固定して、保冷剤を入れ、その上でまた袋に入れて、何重にも保護されているからこそ、日本人は平気で一時間以上もケーキを持ち歩くのだろう。

生菓子は鮮度が重要だ。

香りは時間と共に消えてしまう。

それに、ほんの少し温度がちがうだけで、舌触りや甘さはまったく変わってくる。いくら保冷剤を入れても、長いあいだ持ち歩かれては、せっかくの味わいが台無しだ。

だからこそ、カフェをやりたいと思ったのだった。

お持ち帰りの時間というものをなくして、できたてをその場で食べてもらえるように。

「保冷剤のサービスも頭の痛いところだわ」

二杯目に軽めの赤ワインを頼むと、須磨崎は経営者の顔になった。

「包材だって、無料のサービスとはいえ、実際には商品代金に上乗せしなければ、利益はあがらないわけだから。エコバッグみたいな感じで、クーラーボックスを持参すればポイントがつくサービスでもはじめようかしら」

乾杯のあと、須磨崎は一瞬だけ、恋人にしか見せないようなまなざしを浮かべた。だが、いまはすっかりヴィンセントのよく見知っている表情に戻っている。

「結局は、仕事の話題ですか。こんなに雰囲気のいい場所にいて、もう、お互いに仕事の関係じゃないというのに」

気がつくと、そんな言葉が口から滑りでていた。

須磨崎は片眉をあげて、悪戯《いたずら》っぽい笑みを作る。

「あら、口説いてもいいの？　いまは開店準備に夢中で、恋愛どころじゃないでしょうから、遠慮しているのよ」

その笑みを見て、ヴィンセントの心に浮かぶものがあった。

「……ショコラ」

思わずつぶやくと、須磨崎は小首をかしげる。

「なに？　ボンボンショコラ？　たしかにシラーやシャンパンに合わせると素敵だけれども、残念ながらこの店にはなかったと思うわ」

「いや、あなたを見ていると、ガトーショコラを作りたくなってきた」

女性を見て、ケーキを連想する。

これまでの経験上、それはヴィンセントにとって、恋に落ちかけているという証拠《しょうこ》であった。

黒が似合う大人の女性には、ガトーショコラがぴったりだ。香り高く、酸味と苦みを兼ね備えた奥行きのある味わい。

きめ細やかなメレンゲで作ったビスキュイジョコンドに、ガナッシュクリームとコーヒーシロップを何段にも塗り重ね、金箔《きんぱく》を飾ったガトーオペラの艶《つや》やかさ。

いや、それよりも、ラム酒をきかせたフォンダンショコラは、どうだろうか。表面は香ばしく焼きあがっているが、ナイフを入れると、液状のショコラがとろりと流れでてくる。あたたかいフォンダンショコラには、バニラアイスを添えようか。ソースにはフランボワーズが使われることが多いが、それではありきたりだ。

じっと見つめるヴィンセントに対して、須磨崎は悠然と微笑《ほほえ》みを返す。

うまく年齢を重ねた女性には、独特の色気がある。

魅力的な女性こそ、お菓子作りにおける創作意欲の源泉だ。

ふいに、須磨崎からローズ系の香りが立ちのぼったような気がした。

薔薇《ばら》とショコラ。

華やかでかぐわしいローズウォーターを使ったジュレに、薔薇の花びらを散らそう。薔薇の花びらは本物ではなく、ホワイトチョコレートで細工したものを使う。

ああ、作りたい……。

湧《わ》きあがってくる衝動に、ヴィンセントはため息をつきたくなった。

懲《こ》りないな、自分は……。

ヴィンセントの脳裏に、ひとりの日本人女性が思い浮かぶ。

来日して間もないころ、語学学校で日本語の教師をしていた女性に運命を感じた。懸命になって日本語を覚えたのは、彼女のためだった。この国の言葉で気持ちを伝えたくて、寸暇を惜しんで勉強をした。

共に暮らすようになり、ヴィンセントの語学力は飛躍的に向上したのだが、次第にふたりの会話は、愛のささやきよりも、口論のほうが多くなって、破局を迎えたのだった。別れ際、彼女はひどく泣いて、取り乱した。別れるくらいなら死ぬと脅され、血の気が引くような思いをした。

ヴィンセントにとっては、燃えあがる情熱がすべてだ。いっしょにいたいと思うからこそ、共に暮らしていた。その気持ちが消えたときには、別れるしかなかった。しかし、彼女はヴィンセントが責任を取って、結婚するべきだと考えていた。この国で男女がっきあう上での「責任」というものが、ヴィンセントにはわかっていなかった。

その経験から、ヴィンセントは学んだのだ。

この国では、アムールの定義がちがう。安易な気持ちで手を出しては、相手を傷つけてしまうことにもなりかねない。

以来、日本人女性とつきあうことは避けるようになった。

「食べてみたいわね。あなたが、私をイメージして作ってくれたケーキを」

カウンターの上には、須磨崎の手が無造作に置かれていた。細い手首。プラチナ製の華奢《きやしや》な腕時計。爪《つめ》には透明感があり、美しく手入れされている。

この手に、自分の手を重ねれば、新しい関係がはじまるだろう。

だが、行動には移さず、ヴィンセントは席を立った。

「レセプションにはお招きしますから」

須磨崎は引き際も心得たものだった。

「楽しみにしているわ」

さりげなく誘い、うまく進まなくても、傷ついた様子などは微塵《みじん》も見せない。

洗練された態度に、ヴィンセントはますます魅力的だと感じたのだが、ふたりの距離はそれ以上、近づくことはなかった。

バーを出て、須磨崎と並んで、夜道を歩く。

「店作りは最初が肝心よ」

手をあげてタクシーを呼ぶと、須磨崎は真面目な声で言った。

「方針を決めたら、ぶれないように。トラブルもあるでしょうけれども、妥協をすれば、ずっと後悔するわ。自分の価値観を信じること。好きという気持ちを貫くこと。そうでなければ、自分で店を開く意味なんてないのだから」

「ええ、わかっています」

「成功を祈ってるわ」

それだけ言い残し、須磨崎はタクシーに乗りこんだ。

ひとりになると、一抹のさみしさを感じた。

人恋しさを振り払うように、ヴィンセントは首を横に振る。

情熱はすべて、仕事へと捧げるのだ。カフェこそが、愛しい恋人。物件の改装は終わり、あとは開店を待つだけだ。

カフェで出すデセールは、すべて新作を用意していた。オープニングレセプションは二部に分けて、前半は業界関係者向けの広報活動を行い、後半には親しいひとびとを招こうと考えている。

これから京都はますます暑さが厳しくなるので、柑橘《かんきつ》系のグラニテを使った涼やかな盛りつけはどうだろう。しかし、最初はなにかとばたばたするだろうし、溶けやすい素材は避けたほうがいいだろうか……。

そんなことを考えながら歩いていると、携帯電話が鳴った。

相手はカフェの設計を任せている智久《ともひさ》だった。

「すみません、こんな時間に。いま、話せますか？」

「ああ。どうしたんだ？」

「実は、あの物件なんですが、正当な所有者だという人物があらわれて、契約を取り消したいと言いだしたらしく……」

「はっ？　どういうことだ？」

正当な所有者？　契約の取り消し？

いまさら、そんなこと……。

突然の話に、酔いも一気に醒《さ》める。

「くわしいことはまだ確認できていないのですが、どうも物件の権利を持っている人物がべつにいたみたいなんです」

ヴィンセントは日常会話には不自由しない程度の語学力はあったが、読み書きにはさほど自信がなく、契約に関わる交渉事などは、智久が窓口になっていた。だから、不動産屋もまず智久に連絡をしたのだろう。

「その人物が、契約を取り消したいと、言いだしたということか？」

「ええ、そうみたいなんです。所有者だと名乗る人物が、今回の件については、改装にかけた費用とか、違約金は支払うから、とにかく白紙に戻したいと言っているようなんです。明日、不動産屋まで来られますか？」

「わかった。必ず行く」

話を聞いた当初は困惑していたが、電話を切ったあと、強く憤りを感じた。

あれは自分の店だ。

だれにも渡さない……。

2

これだ、という物件を見つけるまでに、ヴィンセントは京都じゅうを歩きまわった。やりたい店のイメージは具体的に固まっていたので、あとはそれに合った立地や条件の物件を見つけるだけだった。

はじめは不動産屋をあたってみたが、古い町屋が賃貸に出されることは少ないと知った。たいていが売却物件か、たまに店舗用の賃貸物件があっても、すでに業者の手が入って、改装されているものがほとんどだった。

思いどおりの物件を探すためには、ひたすら足を使うしかなかった。

だれも住まなくなった町屋は、そのままひっそりと放置されていることが多い。町を歩いて、気になる物件があれば、近くの住人に声をかけ、情報を聞いて、管理しているひとを探しだす……。そんなふうにして、理想に近い物件を見つけても、契約までの道のりは、また遠かった。飲食店であること、ヴィンセントが外国人であること……。難色を示される理由は想像がついたが、直接的には語られないまま、やんわりと断られることがつづいた。

そんなある日、ヴィンセントは愛子《あいこ》先生との会話のなかで、いかに物件探しが難航しているかをこぼした。

すると、後日、愛子先生が知人の不動産屋を紹介してくれたのだ。

その不動産屋はすぐに、町屋を貸してもいいという人物を見つけてきた。

案内された物件は、板塀に囲まれた一軒家だった。

縁側がある昔ながらの日本家屋で、京都らしさは少ないものの、希望どおりの広い庭があり、棟割長屋に比べると改装もしやすそうで、一目で気に入った。

こちらが乗り気になったからといって、簡単に契約成立とはいかないことは、これまでの経験で身に染みていたのだが、驚くほどとんとん拍子に話は進んでいった。

不動産屋も、大家という人物も、愛子先生のことはよく知っているようだった。

「小石原《こいしはら》さんとこの紹介やったら、だいじょうぶでっしゃろ」

愛子先生の名前が出た途端、それまでの苦労が嘘《うそ》のように、あっさりと貸してもらえることになったのだった。

不動産屋とのやりとりを通して、ヴィンセントは意外な事実を知ることとなった。

どうやら、小石原家はこのあたりでは名の知られた商家で、実は、愛子先生はそこの大奥様と呼ばれる存在らしい。

そんなひとが、なぜ、あんなところで料理教室などをやっているのか……。

不動産屋の話によると、西陣《にしじん》のほうに大邸宅があったが、数年前にそこを引き払って、あの料理教室をはじめたそうだ。

愛子先生の存在は、どこか謎《なぞ》めいていた。

いつも穏やかな笑みを浮かべ、一歩さがるようにして、生徒たちを見守っている。

ほんわかとした雰囲気の向こうに、時折、ヴィンセントは芯の強さのようなものを感じるのだった。

愛子先生のおかげで、理想的な建物とめぐりあうことができた。

だが、物件が決まってからも、また大変だった。

長年、放置されていた空き家には、前に住んでいた人物の荷物がそのままで残されていた。鍵《かぎ》を受け取ったあと、ヴィンセントは智久とふたりで、柱や床などの状態を調べつつ、せっせと荷物を片づける作業を行った。

衣服類、本や手紙などが大量にあったが、勝手に処分してくださいと言われていたので、感傷的な気持ちになりつつも、ゴミ袋へと入れていった。

陶器やガラス食器も多く、センスの合うものはカフェで使うことにした。簞笥《たんす》や長持《ながもち》といった家具で使えそうなものは古道具屋に引き取ってもらった。電気はとまっており、さすがに冷蔵庫は空っぽだったが、床下収納からは自家製の梅酒の瓶が見つかったりもした。

年配の女性のひとり暮らしだったらしいが、最終的に処分したものは軽トラックに三杯分となった。

その家には、大家の妹にあたる人物が住んでいたらしい。名前は、キヨさんということが判明した。見ず知らずの相手であるキヨさんだが、その遺品を整理しているうちに、どういう人物だったのか、おぼろげにわかったような気がした。しっかり者の老嬢。すり切れた着物を可愛らしい巾着に仕立て直したり、チラシの裏側に料理の作り方などをメモしていたり、空き缶や紙袋などを捨てずに小物入れとして再利用していたりと、キヨさんが倹約家ながらも日々の生活を楽しみ、心豊かに暮らしていた様子が伝わってきたのだ。

キヨさんの暮らしていた場所で、これからカフェを開くのだと考えると、不思議な縁というものを感じた。

そんなふうにして、やっとの思いで、見つけた物件なのに……。

昨晩、智久から連絡を受けてからというもの、ヴィンセントは気が気でなかった。

カフェのオープンは来週だ。

物件の改装はほとんど終わり、メニューカードやチラシなども刷りあがり、レセプションの案内には日付も入っている。

それが、いまになって、契約の取り消しなんて……。

不動産屋の事務所に行くと、すでに智久のすがたがあった。

「トモ、どういうことなんだ?」

「すみません、土壇場になって、こんな事態に……」

智久も眠れぬ夜を過ごしたらしく、憔悴《しようすい》した顔をしていた。

その横には、契約に立ち会った不動産屋もいた。福々しい体格の不動産屋も、いまはすっかり萎縮《いしゆく》して、背中を丸めている。

「いや、ほんま、えらいことになって、すんませんなあ」

「とにかく、事情を説明してくれ」

ヴィンセントが席につくと、智久が手帳を開いて、話しはじめた。

「どうも、あの町屋、最初は大家さんが弟夫婦の新居とするために、弟さんの名義で購入したものだったらしいんです」

智久の手帳には、家系図のようなものが書かれていた。

「弟夫婦は子供が生まれてしばらくすると、べつの場所に引っ越すことになりました。そして、空いた町屋には、大家さんはずっと独身だった年の離れた妹さんを住まわせることにしたのです」

「それが、キヨさん、だな？」

ヴィンセントが言うと、智久はうなずいて、手帳に記した名前に丸をつける。

「それから三十年あまり、町屋には妹さんが住んでいました。実際に購入したのは大家さんで、住んでいたのは妹であるキヨさんでしたが、あの町屋は弟夫婦の名義のままだったのです。身内のことですし、あえて名義の変更などは行わなかったのでしょう」

「ややこしいな……」

説明されても、人物関係が複雑で、ヴィンセントは混乱した。

このこみいった事情のせいで、現在、問題が持ちあがっているということなのだろう。

「大家さんの弟夫婦は、どちらもすでに亡くなっているのですが、息子さんがひとりいます。大家さんにとっては、甥《おい》にあたる人物です」

吉川《よしかわ》という名前に印をつけながら、智久は説明をした。

「この弟夫婦の息子さんが、吉川さんというのですが、法的には、町屋を相続した人物ということになるのです。吉川さんが相続したあとも、キヨさんはこれまでどおり、住みつづけていました。そして、二年前にキヨさんも亡くなり、あの町屋は空き家となっていたというわけなんですが……」

「その吉川という人物が、いまになって自分の権利を主張してきたということか」

「ええ、そうなんです」

大家さんの年の離れた妹、キヨさん。

そして、大家さんの弟夫婦のひとり息子、吉川。

町屋に住んでいたのはキヨさんだが、正式な相続人は吉川だった、ということか。

「それなら、その吉川という人物に、家賃を払えばいいのではないのか？」

智久は渋面のまま、不動産屋と顔を見合わせる。

口を開いたのは、不動産屋のほうだった。

「なんや、その甥御さんは今回のことを知らへんままで、家に工事が入っているのを見て、えらいご立腹らしく……。大家さんも、ほんま、恐縮してはりましたわ。工事の前に、あいつに一言、断っておくべきやったたって。甥御さんがあの家に住んでたのはほんの子供のころのことやし、特に関心がないと、大家さんは思ってたみたいで。キヨさんの死後にも声をかけたそうやけど、結局、甥御さんはずっと、あの町屋のことは放っておいたらしくて。そやから、税金対策にもなるし、大家さんはよかれと思て、貸そうと考えはったみたいやけれど……」

智久がうなずいて、沈んだ声でつづける。

「それで、大家さんのほうも、甥御さんともめたくないから、今回の件はなかったことにしてほしい、と言っているんです」

「そんなこと、できるわけがない！」

ヴィンセントは感情的になりそうになったが、すぐに冷静さを取り戻した。

「来週にはオープンなんだ。その吉川という人物を、なんとか説得できないのか？」

智久は困りきった表情を浮かべる。

「大家さんに頼みこんで、連絡先を教えてもらい、一度だけ、電話をかけたのですが、けんもほろろで、話すら聞いてもらえませんでした」

「もう一度、私が直接、話してみよう。番号を教えてくれ」

さっそく電話を取りだしたヴィンセントだったが、智久は不動産屋のほうをうかがう。

不動産屋は、ゆっくりと首を左右に振った。

「もう、こないなったら、説得でどうこうできるもんやないでっしゃろ」

他人事《ひとごと》のような口調で不動産屋は言った。

「僕がもっと、きちんと確認していれば……。本当に申し訳ありません」

智久はすでに打つ手はないというようにうなだれているが、ヴィンセントは納得いかなかった。

「それなら、どうしろというのだ。あきらめろというのか？」

「そうですなあ。今回は、縁がなかったと思うて……」

不動産屋が曖昧《あいまい》な笑顔で言うのを聞いて、ヴィンセントはぐっと拳《こぶし》を握った。

「トモはどうなんだ？　トモも、そう思うのか？」

申し訳なさそうな表情を浮かべて、智久は顔をあげる。

「あきらめたくはありません。もう完成間近だっていうときになって……。所長にも相談してみましたが、契約自体に問題はなく、ビジネスとして考えた場合、法的にはこちらの言い分が通用する可能性は高いみたいです。ただ、原因が感情的なものというか、身内の問題なだけに……」

「ならば、ぶつかってみるしかないだろう。連絡先を教えてくれ」

強引に迫るヴィンセントに、智久も観念したようだった。

不動産屋もあきれた目で見ているものの、なにも言わない。

電話番号を教えてもらうと、ヴィンセントはさっそく、吉川という人物に電話をかけた。

「もしもし。不動産の契約のことでお世話になっておりますヴィンセントです。いま、お時間いいですか?」

「なんや、いきなり……。その話は不動産屋に任せてるはずや」

あきらかに不機嫌そうな男性の声が、電話の向こうから聞こえた。

「直接、話したくてお電話しました。カフェの件ですが、なぜ、契約を取り消したいということになったのでしょうか?」

「なんでもかんでもあるか。こっちは、なんも知らされてへんうちに、生まれ育った家をいじられとったんや。庭かて、めちゃくちゃにしよって。なんで、梅の木を切ったんや。遺品かて、どれもこれも捨てよって。ほんまに、勝手なことを……」

吉川は低い声で、いまいましげに言う。

ヴィンセントは懸命に弁明を行った。

「しかし、あれはめちゃくちゃにしたのではありません。使われていなかった建物を、再生させたのです。あのままにしておけば、傷んでいくだけだったのではないですか?気に入らないところがあるのなら、改善には応じます。だから……」

「とにかく、話すことはない。こっちは全部、かかった費用を返す言うてるんや。あの家はだれにも使わせへん。更地にするて、決めたんや」

「そんな、もったいない！」

あの建物を取り壊してしまうなど、信じられない。

「これまでになんぼかかったんか、不動産屋に伝えてくれ。言い値で払《はろ》うたるさかいに。それで、チャラや。この話はなかったことにしてもらう」

「待ってください！　まだ、話が……」

だが、相手は一方的に通話を切ってしまった。

不動産屋が、ちらりとこちらを見て、肩をすくめる。

「だから言うたやないですか。もう無理でっしゃろ。あきらめなはれ」

その声には、どこか迷惑がっているような響きが含まれていた。

もう一度、吉川に電話をしたところで、逆効果だろう。

この国のひとは、対話をしない。

お互いの意見をぶつけ、すり合わせることで、合意に持っていくという方法が通じないのだ。

それは物件探しなどにおいて、ヴィンセントがさんざん痛感したことだった。

ヴィンセントは手に持った電話を見つめて、自分をこの国に連れてきたひとのことを思い浮かべる。

できれば、頼りたくはなかった。

しかし、あのひとは、こういうトラブルを何度も経験しているはずだ。

「少し、失礼する」

席を立って、ヴィンセントは須磨崎に電話をかけた。

事情を話すと、須磨崎からは心強い言葉が返ってきた。

「任せなさい、いい弁護士を紹介してあげるわ」

「裁判で争う、と……？」

「ええ、法律上では、賃借人の権利はかなり優遇されているのよ。実印をついて、契約書を交わしているのだもの、裁判になれば勝てる確率は高いわ」

「本当ですか？」

「まあ、時間がかかってしまうところが難点よね。オープンの日取りについては、延期するしかないけれども」

「それは仕方がない。わかりました」

ヴィンセントは電話を切ると、智久のところに戻る。

「トモ、私はあきらめないぞ、絶対に」

あの物件を白紙に戻して、また一から探し直すなんて、そんなことできるわけがなかった。

すでに、名前をつけてしまったのだ。

改装に手をつけていても、もし、まだ店の名前が決まっていないときだったならば、これほどまでに固執はしなかったかもしれない。

しかし、ひとたび、名づけてしまえば、もうあの場所のほかには考えられなかった。

「ええ、守りましょう。『ジョゼ』を」

智久も表情に明るさを取り戻して、カフェの名前を口に出した。

ジョゼ。

その響きを聞くと、ヴィンセントの胸の奥には甘酸っぱい気持ちが湧きあがってくる。

カフェの名前を決めたのは、智久との会話がきっかけだった。

自分の店を持つことについて考えていたとき、智久から好きになった女性のために料理教室に通うようになったという話を聞いた。

しかも、智久にとっては、それがはじめての恋だというので、衝撃を受けた。

それがきっかけで、何十年かぶりに、ヴィンセントは思いだしたのだ。

自分が、はじめて好きになった女性のことを……。

いつも元気で、みんなの人気者だったジョゼ先生。

幼稚園に通いだして、一年目は嫌で嫌でたまらなかった。だが、二年目に担任になったジョゼ先生との出会いによって、世界が一変した。

この世界に、ママンよりも素敵な女性がいたなんて……。

ジョゼ先生は全力で遊びの相手をしてくれて、さみしいときには優しく包みこんでくれた。抱きしめられると、花畑のような匂いがした。

ジョゼ先生に会えるのがうれしくて、幼稚園に行くのがすっかり楽しみになった。

ヴィンセントがはじめてお菓子作りをしたのも、ジョゼ先生のためだった。

大好きなジョゼ先生になにか贈り物がしたくて、思いついたのが、マドレーヌだった。

うっとりとする甘い香りを漂わせて黄金《こがね》色に輝くマドレーヌは、まさにジョゼ先生にぴったりのお菓子だという気がしたのだ。

ママンに作り方を教えてもらいながら、卵を割って、粉をふるいにかけて、バターを溶かして、生地を混ぜて、貝殻の型に流しこみ、オーブンの前でどきどきしながら待った。

幼稚園の最後の日。

心をこめて焼いたマドレーヌを渡して、自分の気持ちを伝えた。

ジョゼ先生、愛しています。ジョゼ先生の笑顔は、太陽よりも輝いている。さよならだなんて、悲しいよ。ずっと、いっしょにいたい。僕のお嫁さんになって……。

マドレーヌを受け取ると、ジョゼ先生は驚いたように目を大きくして、顔いっぱいに喜びの表情を浮かべた。

——まあ、ヴィンセント、これ、あなたが作ったの？　すごい！　本当にうれしいわ。

そう言って、微笑んだジョゼ先生の目には、涙が光っていた。

はじめて作ったお菓子を受け取って、とても喜んでくれたジョゼ先生。

お菓子にはこんなにも、ひとを幸せな気持ちにする力があるんだ……。

あのときの誇らしい気持ちが、パティシエとしての原点だという気がする。

残念ながら結婚の夢は叶《かな》わなかったが、マドレーヌを見た瞬間のジョゼ先生の笑顔は、いまも記憶のなかで輝いていた。

純粋で、きらきらとまぶしいもの。

背中に羽でもはえているかのように、毎朝、浮き浮きとした気持ちで、幼稚園に向かっていたころ……。

カフェに来るお客さんにも、そんな胸の高鳴りを感じてほしい。

だから、大切な名前を、自分の店につけた。

こんなトラブルに負けたりはしない。
絶対に、あの場所でカフェを開くのだ……。
ヴィンセントは強く瞼《まぶた》を閉じて、そう決意を新たにした。

3

「初恋のひとの名前を、自分の店につけるなんて、いかにも男性的な発想よね」

店の名前の由来を知ると、須磨崎はそう言って、おかしそうに笑った。

あれから数日後。須磨崎の事務所で、初老の弁護士を紹介され、今後の方針などについて話し合った。

弁護士が帰ってからは、ヴィンセントが辞めたあとの店の状況や、新しく入ったスタッフの話などを聞く。

そんな雑談のなかで、ヴィンセントがジョゼ先生の話をしたところ、須磨崎には鼻で笑われてしまった。

「そうですか？　女性はしませんか？」

「少なくとも、私は絶対にしないわ」

本革張りのロッキングチェアに深々と腰かけて、須磨崎は言う。

「はじめての恋だろうと、二番目の恋だろうと、三番目の恋だろうと、べつに変わりはないもの。別れてしまえば、どれもおなじよ」

きっぱりとそう断言するさまは、清々しいほどだった。

「そもそも、ビジネスでやっているのだから、店名において重要視するのは訴求力よ。自分の思い入れなんてことは二の次でしょう。お客様が覚えやすくて、わかりやすいこと。店のコンセプトを明確に伝えられることが重要なのよ」

経営という観点からは、それが正しいのだろう。実際に、須磨崎の作る店はどれも時代のニーズをつかんでいて、確実に利益をあげているようだ。ライバル店の出現によって売り上げが低迷していたパティスリーでさえも、フランス人パティシエを現地からスカウトしてくるという方法で、再起をはかった。

「長く仕事をやっていると、いろいろあるわよ。うちの店とまったくおなじ名前で、パッケージデザインもそっくりな店を近くに作られたこともあったし。しかも、名物のチーズケーキまで、先に商標登録されちゃって。あきらかに乗っ取りというか、示談金狙いで仕掛けられたようなものだったけれど、あのときも裁判で徹底的に争ったわ」

話しているうちに、須磨崎の目は活き活きと輝きだす。

つくづく理知的な表情がよく似合う女性だ。

「あのころは若かったから、私も意地になっちゃったのよね。冷静に考えてみれば示談に応じたほうが、安くついたのに。でも、許せないじゃない？　こっちはコストをかけて事前調査をして、戦略を立てているのよ。店作りはセンスがすべてなの。私のコンセプトが、なんの努力もしてない相手に、汚い手段でまるまる盗まれるなんて、絶対に阻止したかったのよ」

「本当に、仕事が好きなんですね」

ヴィンセントはしみじみと言う。

須磨崎には、製菓の技術はない。

自分の手でお菓子を作るのではなく、資金繰りや店舗運営に頭を悩ませる経営者の仕事は、ヴィンセントには面白いものだとは思えないのだが、須磨崎にとっては楽しいものらしい。

須磨崎は満更でもないというふうに微笑を浮かべる。

「そうね。寝ても覚めても、店のことばかり。あなただって、そうでしょう？　どんなときも、心の片隅で新しいルセットのことを考えているのでは？」

そのせいで、よく女性から不興を買った。

恋人の美しい目や声や微笑をたたえながら、ヴィンセントはその魅力をどうお菓子で表現しようかと考えてしまうのだ。

「それにしても、よくこんな物件を見つけられたわよね」

手もとの資料をながめて、須磨崎は言った。

「紹介してくれたひとのおかげです」

「でも、思わぬ落とし穴があったのだから、不動産に掘りだし物はないってことね」

これからのことを思うと、ヴィンセントは気が重かった。

「改装は終わっているのよね？」

「ええ、本当なら、いまごろ、オープンしているはずでしたから」

「厨房《ちゅうぼう》も使ってみた？　不備はなかった？　店舗設計は、動線が肝心よ。一度、飲食店の設計をしたことがないという建築家に依頼をして、痛い目を見たことがあるわ。デザインに凝《こ》ったせいで、見通しが悪くなって、サービスに死角ができたのよ」

「その点は問題ないです。スタッフにも入ってもらって、ちゃんと確認しましたから」

智久は厨房などの設備についても、先輩からアドバイスを受けたり、業者に見学に行ったりと、よく勉強をして、短い間に専門知識を身につけていた。

ヴィンセントが理想とする空間作りについても、その雰囲気を十分につかんでくれた。

愛子先生の料理教室がある長屋のたたずまい。おなじ場所に通っている智久は、そこに流れる空気を、だれよりも理解していた。

「でも、ベテランの建築家なら、不動産屋とのあいだに入って、交渉だってもっとうまくしてくれたでしょうに。話を聞いている限りじゃ、どうも頼りないわね、その子」

「トモはよくやってくれていますよ」

ヴィンセントはかばうが、須磨崎は渋い顔で腕組みをする。

「経験のない新人なんかじゃなく、きちんと店舗設計のノウハウを持った建築家に頼めばよかったのに。いくらでも紹介してあげたわよ」

「でも、みんながそう考えたら、いつまでたっても若いひとが育たないでしょう」

軽く肩をすくめて、ヴィンセントは言った。

「だれにでも、はじめての仕事というものはある。経験を積まなければ、成長はできない。そのためには、若いひとに機会を与えないと」

「だからといって、実績のない新人に仕事を頼むのは、リスクが高いじゃない。現に、トラブルに巻きこまれているわけだし」

「それはトモのせいじゃない」

ヴィンセントは首を横に大きく振る。

「あなたが心配してくれるのはうれしいが、改装については満足していますから」

智久に仕事を頼んだことは、まったく後悔していなかった。ヴィンセントの要望に対して、智久は期待以上の答えを返してくれた。

問題は、思わぬところで起こってしまったが……。

「それならいいのよ。あなたが独立したのが面白くなくて、つい意地の悪いことを言ってしまったわ。気にしないで」

冗談めかしてそう言うと、ちらりと時計を見て、須磨崎は立ちあがる。

「このあと、予定は?」

「料理教室に行きます」

「ああ、習っていると言っていたわね。あなた、本当なら教える立場でしょうに」

「教えてもらうのも、いい刺激になりますよ」

「そう、じゃあ、今日はあきらめるわ。また今度、飲みに行きましょう」

須磨崎に見送られ、ヴィンセントは事務所をあとにした。

＊＊＊

料理教室の戸を引いて、なかに入ると、すでにほかの生徒たちはそろっていた。

智久が無言のままで、ぺこりと頭を下げる。今日が弁護士との話し合いの日だということは伝えてあったが、この場で話題にするのはふさわしくないと考えたのか、なにも訊《き》いてはこなかった。

「すまない。遅くなった」

ヴィンセントもその件には触れず、まずは手を洗い、エプロンをつける。

「だいじょうぶですよ。まだ時間じゃないですから」

柱時計を見あげて、ミキがにっこりと微笑む。

「私たちがちょっと早めに着いちゃったんです」

今日のミキは髪をアップにして、透け感のある薄手のブラウスに、フリルをたっぷりと使ったいつものエプロンを身につけている。

どこから見ても女性のような外見で、声も可愛《かわい》らしいミキだが、出会った瞬間から、男性ではないかとヴィンセントは推測していた。ミキからは、女性特有の甘い匂いが漂ってこなかったのだ。

肌のきめは細かく、男性にしては華奢《きやしゃ》な体つきで、しとやかな仕草や表情の作り方にも違和感はないのだが、匂いがちがう。

もし、香水をつけていたのなら、ごまかされたかもしれない。だが、料理教室という場所なので、お洒落《しゃれ》よりもマナーを優先しているようであり、そういう気遣いにも好感を持った。

まあどちらであろうと、麗《うるわ》しい見た目は、ヴィンセントにとって快《こころよ》いものだ。

「さっきまで、佐伯《さえき》さんと奥様のなれそめについて聞いていたんですよ」

ヴィンセントが会話の輪に加わりやすいように、ミキはそう説明をする。

「なんも面白いことはあらへん。ただの見合いや」

ぶすっとした顔で佐伯は言うが、ミキは両手を組んで、うっとりとした表情を浮かべた。

「お見合いって、なんだか素敵な響きですよね。逆に、憧れます」

「上司のすすめやったからな、断るに断られへんかったわ」

「自分で結婚相手を選ぶのって、すごく難易度が高いから、いっそ、第三者に強制されたほうがラクって面もありますよね。愛子先生もお見合い結婚ですか？」

ミキが話を向けると、食材の用意をしていた愛子先生がうなずいた。

「ええ、生まれは丹後《たんご》のほうで、ほとんど会《お》うたことのないお相手と縁組が決まって、嫁いできました」

「タンゴとは？」

ヴィンセントの問いかけに、愛子先生は答える。

「京都府で一番北の端《はし》っこです。自然が豊かで、水もきれいで、おいしいお米ができるんですよ。日本海に面してますから、お魚なんかも豊富で、おなじ京都いうても、こっちとは全然ちがいます。最初はいろいろ戸惑うことも多かったですねぇ」

そう言うと、愛子先生は手に持ったきゅうりに視線を落とした。

見合いで結婚した相手というのが、西陣の大邸宅の跡継ぎだったのだろう。

不動産屋から聞いた話を、ヴィンセントは思いだす。

その大邸宅を引き払って、この料理教室をはじめたということだが……。

「そうそう、こっちのひとは七月にきゅうりを食べはれへんいうのも、結婚してから知りました」

「え？　京都のひとって、七月はきゅうりを食べないんですか？」

不思議そうに訊き返すミキの横で、智久が口を開いた。

「あ、それ、聞いたことあります。たしか、八坂《やさか》神社のマークと、輪切りにしたきゅうりの切り口の模様が似ているから、祇園祭《ぎおんまつり》が無事に終わるようにっていう願掛けですよね」

すると、佐伯があきれたように眉をあげて、苦笑を浮かべた。

「八坂神社のマーク、はないやろ……。神紋っていうんや」

「佐伯さん、くわしいですね」

ミキが尊敬のまなざしで、佐伯を見つめる。

「まあ、仕事柄な。いまどきは八坂さんの氏子《うじこ》でもない限り、あんまり気にせえへんみたいやけど」

「きゅうりと言えば、フランスにもあるが、日本のものよりかなり大きい。そして、生クリームと食べるのだ」

「ええーっ、きゅうりに生クリームですか?」

ミキの反応を見て、ヴィンセントは微笑む。

「お菓子で使うような甘くてホイップしたクリームではなく、さらりとした生クリームにオリーブオイルを混ぜ合わせ、皮をむいて水気を切ったきゅうりを和《あ》えて、塩胡椒《こしょう》で味をつけると、サラダのようになる。焼いた肉のつけあわせにぴったりだ」

「うーん、そうやって聞くと、おいしそうな気もしてきました」

ミキは納得した顔で、うなずいた。

「一瞬、絶対に合わないと思ったけれど、ヴィシソワーズとかもあるし、料理に生クリームを使うのは変じゃないのかも」

「であいもんは、奥が深いですね」

愛子先生の言葉に、ミキが首をかしげる。

「であいもんって、なんですか？」

「組み合わせによって、お互いを引き立てあうようなお料理を『であいもん』というんですよ。たとえば、海の幸であるちりめんと、山の幸である山椒が出会うことで、ちりめん山椒になります。棒鱈《ぼうだら》とえび芋《いも》、にしんと茄子《なす》……」

愛子先生は遠くを見つめるような目をして、言葉をつづけた。

「食材の旬《しゅん》による出会いもありますね。終わりのころの竹の子に、新物のわかめを出会わせた若竹煮なんて、移ろう季節を感じさせるお料理です。それから、名残《なごり》のハモと、走りの松茸《まつたけ》をあわせたりするのも、まさに、であいもんです」

「ハモと松茸か。それは贅沢《ぜいたく》だな」

ヴィンセントはごくりと生唾《なまつば》を飲みこむ。

「松茸といえば、トリュフにも負けないほど魅惑的なきのこだ。ハモは天ぷらで食べたことがある。白身の魚だろう？　たしかに、このふたつの組み合わせは、素晴らしいだろうな」

ヴィンセントはその味を想像するだけで、恍惚《こうこつ》となった。

「ええ、ほんまに、忘れられないお味です」

どこか懐かしそうに目を細めて、愛子先生は言う。

「出会うはずのなかったふたつの素材が、ふと交わった一瞬やからこそ、奇跡的な味わいになるんかもしれませんね」

「であいもん、というのも、縁なのだな」

ヴィンセントの心に、その言葉はしみじみと響いた。

「縁あって出会った食材たちが、お互いのおいしさを引き立てあうことで、新たなる魅力が発揮できるというわけか。であいもんとは、実にいい言葉だ」

「フランスのお菓子職人さんが、こうして京料理に出会うのも、縁ですね」

そう言って、愛子先生はにっこりとヴィンセントに笑いかける。

「ほんなら、そろそろはじめましょうか」

ヴィンセントたちは立ちあがり、調理台のほうへと移動した。

「今日はきゅうりとハモ皮を和えて、酢の物にします。ハモ皮は、かまぼこを作るのに身を使ったあとに、皮だけを甘辛く炊いたんが売ってますから、それを手に入れてくださいね。ハモ皮のかわりに、鰻《うなぎ》で作るんもおすすめですよ。これからの季節は、お酢の酸味が疲れを取ってくれます」

調理台がふたつなので、ふたり組になって、作業を行う。

ヴィンセントは智久とおなじ調理台を使うことになった。

「まずは、マナガツオの西京《さいきょう》焼《や》きから仕込んでおきましょうか。味噌床《みそどこ》を作っているあいだに、もうひとりは枝豆ご飯の準備をしてくださいね」

マナガツオは、すでに切り身で用意されていた。

ナイフの扱いには慣れているヴィンセントだが、魚をさばくのは苦手なので、少しほっとする。

「僕、ご飯のほうをやりますから、ヴィンセントさんは味噌をお願いします」

智久が鍋に手を伸ばしたので、ヴィンセントはマナガツオを味噌床に漬けこんでいくことにした。

「お味噌に、酒とみりんを加えます。今日は漬け時間を三十分で考えていますが、味噌床は冷蔵庫で一週間くらいは保ちます。長く置くほどに熟成されて、しっかりとお味がつきますから、いろいろと試して、好みの漬け時間を探してみてくださいね」

「そういえば、前に、味噌を使った和菓子を食べたことがある」

味噌を練り合わせながら、ヴィンセントはつぶやく。

「その和菓子には、ごぼうが入っていて、驚いたな」

「お正月に食べる花びら餅《もち》ですね」

愛子先生が言うと、ヴィンセントは複雑な思いでうなずいた。

「和菓子の美しさはとても勉強になるのだが、あのごぼうだけは、よくわからなかった」

ふわりとした弾力のある平たい餅で、甘い白味噌の餡《あん》を包むところまではいいのだが、そこに挟みこまれたごぼうの土臭さとしゃっきりとした歯応えは、味覚の上では邪魔にしか思えなかったのだ。

しかし、京都の人間はあれを好んで食べているようだった。

まだまだ自分が考えるお菓子の範疇《はんちゅう》を超えたものがあるのだと知るいい経験になった。

「和菓子に、ごぼうですか。どんな味なんだろう。想像もつかないです」

枝豆を塩もみしながら、ミキが小首をかしげる。

その横で、味噌床にマナガツオの切り身を入れて、佐伯が口を開いた。

「味噌を使った和菓子なら、松風《まつかぜ》もあるやろ」

「松風って、どんなお菓子ですか?」

小首をかしげたミキに、佐伯が答える。

「なんや、知らんのか。カステラみたいなやつや。今度、買《こ》うて来たろか?」

「いえいえ、そんな、お店を教えてもらったら、自分で買いに行きます」

　雑談をしながらも、みんな、しっかりと手は動かしている。

　それぞれの作業がきちんとできていることを確認して、愛子先生はうなずいた。

「西京味噌は、甘酒とおなじように米麹《こめこうじ》で発酵させていますからね。お菓子とも相性がええんですよ。白味噌がない場合には、田舎味噌に、甘酒を混ぜて、味噌床にするという方法もあります」

「甘酒か！　甘酒も素晴らしい食材だ。発酵によって甘くなるというのは、トカイワインのようだな」

　その瞬間、ヴィンセントはひらめく。

「そうだ、甘酒でクレームブリュレを作るのは、どうだろう？　これも、であいもんだ」

「おいしそうですね！　そういえば、ヴィンセントさんのカフェ、オープンはまだなんですか？　早く行きたいのに」

　無邪気なミキの質問に、ヴィンセントは苦笑を浮かべるしかなかった。

「少し問題が起きて、オープンは延期になったんだ」

「そうなんですか。大変ですね」

大変だと言われると、そうにはちがいない状況ではあるのだが、自分でなにかをするわけでもないので、ヴィンセントは素直にうなずけなかった。

あとは弁護士に任せて、結果を待つしかない……。

つづいて、茄子とトマトと万願寺《まんがんじ》とうがらしの煮びたしを作る作業へと移る。

先ほど枝豆を茹《ゆ》でた鍋で、トマトを茹でて、皮をむいていく。

智久が固めに茹でた枝豆の実をさやから外しているあいだに、ヴィンセントは野菜を切る。

昆布と鰹節《かつおぶし》でとった出汁《だし》に、醬油《しょうゆ》を加えて、野菜を入れる。茄子と万願寺とうがらしを先に煮て、火が通ったところで、湯むきしたトマトを入れ、葛《くず》でとろみをつければ、できあがりだ。

「煮びたしはすぐに冷蔵庫に入れるんやなく、ゆっくり冷ましたほうが、よう味が染みて、おいしくなりますよ」

ヴィンセントが煮びたしをコンロからおろすと、入れ替わりで智久がフライパンに油を熱して、マナガツオを焼きはじめた。

「今日はフライパンで焼きますけれど、おうちではアルミホイルをしいて、オーブントースターで焼いてもろうても汚れもんが増えなくておすすめですよ。ご飯が炊きあがったら、枝豆を入れて、軽く混ぜてくださいね」

ヴィンセントがきゅうりを切っている横で、智久はマナガツオをひっくり返す。味噌の焦げる香りがなんとも食欲をそそり、ヴィンセントはごくりと唾を飲んだ。

枝豆ご飯を仕上げたあと、愛子先生のレシピに従って、甘酢を作っていく。

塩もみしたきゅうりを手でぎゅっとしぼって、ハモ皮といっしょに甘酢で和える。

ちょうどいいタイミングで、西京焼きにも火が通ったようだ。

四人はそれぞれ食器を持ってくると、できあがった料理を盛りつけ、卓袱台《ちゃぶだい》を囲んだ。

「すみません、焦げちゃいました」

西京焼きは周囲が炭化して、真っ黒になっている。

智久は謝ったが、ヴィンセントは首を横に振った。

「いや、これくらいの焦げ目がついているほうが、香ばしくていい」

「お味噌が身についていると、どうしても焦げてしまいますね。お味噌がつかへんように、さらしやガーゼで包んで漬ける方法もありますが、今日は時間も短いので、そのまま漬けたんですよ」

愛子先生の説明を聞きながら、佐伯も西京焼きに箸を伸ばす。

「どうせなら、一晩は寝かせたいところやな。もうちょっと漬かってるほうが、酒は進

「みそうや」

「今日の味噌床はあと二、三回くらいは使えますから、持って帰って、おうちでも漬けてください ね」

「愛子先生、ほかにはどんなものを漬けたらいいですか?」

ミキがメモ帳を片手に、質問をする。

「豚肉に鶏肉、お豆腐なんかもおすすめですね。野菜やったら、きゅうりに人参《にんじん》、ごぼうに山芋など、お漬けもんになる野菜は、だいたい、味噌漬けにも合います」

煮びたしの味わいは優しく、きゅうりとハモ皮の酢の物は箸休めにぴったりだ。

枝豆ご飯の艶やかな緑色も愛らしく、ヴィンセントは米のおいしさをしみじみと噛みしめた。

「それで、さっきの話のつづきですけど、愛子先生はお見合い結婚でこっちに来たっていうことは、同居だったんですか?」

ミキは興味津々といった様子で質問をする。

「嫁姑《しゅうとめ》問題とか、大変でした?」

「お姑さんにはえらいお世話になりましたよ。田舎から出てきたばかりで、世間知らずの嫁でしたから」

そう言って、愛子先生はふふっと笑みをもらす。

「お料理も、一から全部、仕込んでいただいたんです。最初はねぇ、そりゃあ、泣くこともありました。認めてくれはるまでは、毎日ひたすら忍の一文字で、頑張りましたね」

「昔のひとって、すごいですよね。嫌な相手とずっとおなじ屋根の下で暮らすなんて、耐えられないです」

顔をしかめるミキに、愛子先生は穏やかな微笑みを浮かべる。

「食わず嫌いのまま、最初から同居をせえへんいうのは嫌やったんですよ」

そう言ったあと、愛子先生は生徒たちを順番に見まわした。

「苦手なもんでも、食べるうちに段々とおいしさがわかってくるようなことがあるでしょう。苦手やなあ思う相手でも、つきあっていくうちに、慣れてきて、ええところが見えてくるもんです」

愛子先生の言葉を聞いて、ヴィンセントは吉川という人物のことを考える。

「そうか、そうだ、愛子先生の言うとおりだ……」

ヴィンセントは、吉川という人物と、会っていない。

相手は、ヴィンセントのことをまったく知らず、ヴィンセントの作るものだって食べたことがない。

ずっと、心に引っかかっていた。

本当に、これでいいのか……。

須磨崎の助言に従って、弁護士を立て、法的な手段に訴えようとしている。

相手の顔も見ないまま、裁判で争う。

そうやって、あの場所を勝ち取って、心からうれしいと思えるだろうか。

答えは、ノンだ。

自分は、みんなが笑顔になるために、カフェを作ろうとしているのだ。おいしいものを食べて、楽しい気持ちになって、過ごすための場所……。

それに反対するひとがいるのならば、まず、やらなくてはならないことがあるはずだ。

「トモ、頼みたいことがある」

ヴィンセントは顔をあげて、真剣な声で言った。

「なんですか？」

智久も姿勢を正して、ヴィンセントに向きあう。

「吉川氏に、会いたい。会わなければ、だめだ。もう一度、連絡を取ってくれ。一時間でも三十分でもいいから、直接、会えるように、相手を説得してくれないか？」

「しかし、それは……」

難しい、と智久が言う前に、ヴィンセントは告げる。

「裁判はやめる」

「えっ？　本気ですか？！」

「そのかわり、最後に一度だけ、本人に直接会いたい。カフェに来てもらって、私の作ったものを食べてもらいたいんだ」

ヴィンセントの言わんとすることを、智久も理解したようだった。

「わかりました。やってみます」

力強くうなずいて、智久は請け負った。

自分はパティシエだ。

自分のやり方で、仕事をしよう。

そう心に決めると、ヴィンセントは酸っぱいきゅうりを嚙みしめた。

4

その日、ヴィンセントは『ジョゼ』で、はじめての客を迎えた。

智久は役目を果たして、物件の所有者である吉川という人物を説得し、約束を取りつけてくれた。

このあとは、ヴィンセントの仕事だった。

「いらっしゃいませ。お待ちしておりました」

格子状の引き戸を引いて、ひとりの男性が入ってくる。

四十がらみの痩《や》せた気難しそうな顔をした男性だ。通常であれば、ひとりでカフェをおとずれることはまずなさそうな風貌《ふうぼう》である。

「吉川さんですね。今日はお越しいただき、ありがとうございます」

ヴィンセントが席まで案内すると、吉川は顎《あご》をわずかに動かしてうなずくと、無言で腰かけた。

吉川は店内の様子を観察するように、目だけをぎょろりと動かすと、苦々しげな表情を浮かべる。

「内装はかなり手を入れましたが、木材などは元のものを活かしています」

そう言って、ヴィンセントも店内を見渡した。

改装にあたって、ヴィンセントは智久と何度も打ち合わせをした結果、畳をすべて取り払って、テーブルと椅子《いす》を置くことにした。

「畳をどうするか、建築家とも話し合いました。町屋の雰囲気を活かすためには、畳を残すのもいいと、提案されたのです。しかし、カフェにするために、いまのようなかたちになりました」

ヴィンセントは自分のカフェを非日常を楽しむ空間にしたいと考えていた。家にいるようにくつろぐのではなく、いい意味での緊張感はあったほうがいいと思ったので、靴は脱がないことにした。

ひっそりとしていた屋内の空気は、智久の設計によって、がらりと様変わりした。オープンキッチンで、パティシエが一皿ずつ仕上げていく様子が視覚的にも楽しめるようになっているので、いまのように客がほかにだれもいない状態でも、活気を感じさせる空間となっている。吉川にとっては、飲食店として生まれ変わり、たくさんのテーブル席に占められた現在のすがたを見ることは、決して愉快ではないだろう。

「庭は、テラス席を作りたいというこちらの要望で、建築家が工夫してくれたのです。それが、あなたの思い出を傷つけることになってしまったのかもしれませんが……」

吉川の視線が、庭のほうに向いたことに気づいて、ヴィンセントは言った。

カフェに改築したことで、もっとも大きく変わったのが、庭の部分だろう。

枯れかけた梅や椿《つばき》があるだけの寂寥《せきりょう》とした庭だったのが、いまではオリーブの木やミモザが植えられ、ミントやローズマリーといったハーブも生《お》い茂り、南フランスを彷彿《ほうふつ》とさせる明るい雰囲気となっている。

この場所で彼が暮らしていたのは、幼いころの数年だけのはずだ。住んでいたキヨさんが亡くなったあとも、この家と関わることはなかったようだ。実際、キヨさんの遺品は片づけられず、そのままで放置されていた。

それが、いまになって、所有権を主張してきたのは、なぜか……。

吉川に会うまでのあいだ、ずっと、ヴィンセントはそのことについて考えていた。

むすっとしたまま、吉川は庭を見つめている。

「いろいろと話をするよりも、味わっていただきましょう」

そう言い残すと、ヴィンセントは厨房に行って、最後の仕上げを行った。

オーブンからクレームブリュレを取りだすと、バーナーの火でキャラメリゼして、焦げ目をつけていく。

クレームブリュレの横には、ソルベを盛りつける。それから、彩りと食感のために、アーモンドスライスとミントのトッピングを少々。

あたたかいクレームブリュレとつめたいソルベの取り合わせは、その場で食べる皿盛りデザートだからこそできる味わいだ。また、立体的で繊細な飾りつけも、持ち帰りのみの店では不可能だった演出である。

カフェのオープンに際してはサービングスタッフを雇うことになっているが、今日はヴィンセントがみずから、作ったものを客の前まで運んでいく。

「本日の特別メニューです」

一枚の皿の上には、クレームブリュレ、ソルベ、サヴァランが二色のソースによって彩られ、芸術的な美しさで盛りつけられている。

吉川は特に表情を変えるわけでもなく、銀製のスプーンに手を伸ばした。

まずは、ソルベをすくって、口へと運ぶ。

次の瞬間、吉川はスプーンを持ったまま、驚いたように目を見開いた。

「この味は……、これ、梅酒か？」

「はい、そうです」

ゆっくりとうなずいて、ヴィンセントは言った。

「使った梅酒は、キヨさんが漬けていたものです。何年も経《た》っていたようですが、味見をしてみたらとてもおいしかったので、捨てるのはもったいないと思って、使わせていただくことにしました」

キヨさんの死後、吉川はこの場所に寄りつかなかったという。

そのことから、吉川は相続した町屋に関心がないのだと大家は考えていたようだが、逆ではないだろうか。

あの家はだれにも使わせへん、というあの言葉──。

キヨさんが住んでいたこの町屋は、おそらく、吉川にとって特別な場所だったのだ。

思い入れが強かったがゆえに、吉川はこの町屋に近づくことができなかった。

だから、今回、カフェになると知って、大切なキヨさんとの思い出が消えてしまうことをおそれて、強固に反対しているのではないか……。

そんな気がしたから、ヴィンセントはこの日のデセールのために、キヨさんの遺《のこ》した梅酒を使わせてもらうことを決めたのだった。

「そうか。梅酒、残ってたんか」

吉川は一口、もう一口と、ソルベを食べる。

それから、ソルベに添えられていた白くてまるいちいさな煎餅《せんべい》を指でつまみあげた。

「これは……」

煎餅といっても堅焼きではなく、麩焼《ふや》き煎餅と呼ばれる上品なものだ。

「この煎餅はキヨさんが好きだった店のものです。荷物の整理をしたときに、店の名前の入った缶がたくさん残されていました」

キヨさんが物入れとして再利用していた空き缶の煎餅に、ヴィンセントは興味を持った。

荷物の処分が終わったあと、その缶に記されていた店まで、わざわざ煎餅を買いに行ってみたのだ。そして、前に住んでいた人物がとても食の好みのよいひとだったと知り、うれしくなった。

「ああ、知ってる。よう、知ってるわ……」

麩焼き煎餅には、片面だけにうっすらと蜜《みつ》が塗られている。ほどよい塩気と、ほのかな甘み。さくっとした食感で、口に含むと、舌の上でしゅわっと溶けるようにして、はかなく消えてゆく。

ソルベには特製のバニラ味のマカロンを合わせようと考えていたのだが、この煎餅のことを思いだして、添えてみたところ、思いのほか相性がよかった。

すっかりソルベを食べ終わると、吉川はスプーンをフォークに持ち替えた。

「こちらは、梅酒のサヴァランです」

吉川が黄金色の生地にフォークを刺すと、じゅわっとシロップが流れだした。

バターと卵をたっぷりと使った発酵生地に梅酒をしっとりと含ませたサヴァランには、蜂蜜《はちみつ》漬けのアプリコットが飾られている。梅酒の芳醇《ほうじゅん》な香りと、蜂蜜の甘み、アプリコットの酸味が口のなかで一体となり、それぞれが持つ味わい以上のハーモニーを奏でる。

「このサヴァランにも、キヨさんの梅酒を使わせてもらいました」

吉川は黙々とフォークを動かして、サヴァランを口に運んでいく。

出会いについて、縁について、ヴィンセントは考えた。

そして、その結果が、このキヨさんの梅酒を使ったデセールの数々だった。

思いをこめた一皿を、吉川はどんどん食べていく。

サヴァランの最後の一切れを口に入れると、吉川はもの思いにふけるように、しばし目を閉じた。

それから、おもむろにスプーンを握ると、クレームブリュレの表面に叩きつけた。

ぱりぱりとカラメルが割れて、なかからとろりとした液状のあたたかなクリームがあふれでてくる。

　スプーンを口に運んで、吉川はつぶやく。

「……甘酒やな」

「そのとおりです。キヨさんは甘酒も手作りしていたようですね。作り方を書いた古いメモを見つけました」

　そう言って、ヴィンセントは黄ばんだ一枚の紙を取りだした。

　吉川は懐かしそうな目をして、それを見つめる。

「ああ、子供の時分に、何回も作ってくれた。梅酒はまだ飲まれへんけど、甘酒やったら言うて……」

　甘酒にはすりおろした生姜《しょうが》を入れることが多いようだが、ヴィンセントは生産地をたずねて手に入れた愛用のバニラビーンズと組み合わせることで、フランス菓子として違和感なく仕上げた。甘酒を使ったクレームブリュレは、これまでにない優しくまろやかな味わいになった。

「このクレームブリュレも、この場所に出会えたことで生まれました。ここがカフェになることで、キヨさんの思い出が消えてしまうわけではありません。そのことをわかっていただきたくて、今日の皿をご用意しました」

ヴィンセントの言葉に、吉川はなにも答えなかった。

ただ、無言のまま、クレームブリュレを平らげる。

そして、空になった皿を見て、ぽつりとつぶやいた。

「昔、キヨ姉《ねえ》と食べたバニラアイスには、ウェハースがついとったな」

うつむいたまま、吉川はしんみりとした声で話す。

「あのときのことなんか、ずっと、忘れとったのに……。食べた瞬間に、いろんな記憶が次々によみがえってきた……」

ヴィンセントは黙って、その言葉を聞いている。

「百貨店のレストランに連れて行ってもろたんや。きんきんに冷えたガラスの容《い》れもんに、まんまるのバニラアイス。この世のものとは思えんほど、おいしかった」

そう言うと、吉川はわずかに声を震わせた。

「舌がひやこうなったときに、ウェハースをかじると休まるからええんやって、キヨ姉が教えてくれて……」

いま、その脳裏には、在りし日の故人のすがたが、まざまざと浮かんでいるのだろう。

「引っ越したあとも、ここにはよう遊びに来た。姉のように思うて、慕ってた。でも、なんや、急に気恥ずかしなって、足が遠のくようになったんや」

そこで言葉を途切れさせると、吉川は再び、空っぽの皿を見つめる。

「キヨ姉が梅酒を漬けるのも、手伝ったことあったな。大きなったら、いっしょに飲もうな……言うてたのに……」

疎遠になっていたうちに、大切なひととは二度と会えなくなってしまった。

その後悔や腹立ちが、今回のことにつながっていたのだろう。

「ほんまは、ずっと、気になってたんや」

ひとり言のように吉川はつぶやく。

「キヨ姉が死んでもうて、この家のことを、どうにかせなあかんいうのは、わかってた。けどな、遺品の整理なんか、しとうなかったんや。そのままにしといたら、いまも、あのひとは、ここにおるような気がして……」

ゆっくりと首を左右に振って、吉川は目を閉じる。

やがて、瞼を閉じたまま、やわらかな表情を浮かべた。

「梅酒のやつを食べた瞬間、キヨ姉が楽しそうに笑《わろ》うてる顔が見えたんや……。ほんま、懐かしい……」

吉川は目を開けると、席を立った。

そして、改めてあたりをぐるりと見まわす。

「職場の若い子らが、好きそうな店やな」

吉川のまなざしからは刺々《とげとげ》しさが消えて、面白がるような色が浮かんでいた。

「また今度、うちの若い子らを連れて来たるか」

ヴィンセントは一瞬、その言葉の意味を計りかねた。

「え……？」

「着物のレンタルショップをやってるんや。若い女の子の知り合いはようさんおるから、宣伝したるわ」

「それは……」

「キヨ姉には世話になったのに、ろくに恩返しもでけへんかった。はんまは、生きてるうちに、もっと、会いに行っとけばよかったけど……。キヨ姉は、お客を招くんが好きなひとやった」

顔をあげて、吉川はヴィンセントを見る。

「ここがにぎやかになったら、キヨ姉も喜ぶやろ」

カフェを開店してもいい、と吉川は言っているのだ。

ほっとして、全身の力が抜けた。

うれしさのあまり、ヴィンセントは膝《ひざ》からくずおれそうだった。

「まんまと、そっちの手に乗せられてもうたな」

肩をすくめて、吉川は歩きだす。

「でも、まあ、ええもん、食べさせてもろたわ。ごちそうさん」

「本日はありがとうございました。またのご来店をお待ちしております」

ヴィンセントは心をこめた声でそう言うと、店の扉を開けて、見送る。

来たときとは打って変わって、軽やかな足取りで、吉川は去っていった。

＊＊＊

報告を兼ねて、須磨崎と会うことになった。

以前にも利用したことがあるワインバーで、ヴィンセントは須磨崎とグラスを合わせる。

「まずは、おめでとう。よかったわね、うまくいって」

にっこりと微笑んで、須磨崎は祝福の言葉をかける。

「今夜の酒は、特別おいしいですよ」

ヴィンセントは上機嫌でグラスを傾けた。

須磨崎もハイピッチでワインのグラスを空けていく。

何杯目かのワインを空にしたあと、須磨崎はふいにうつむき、沈んだ声で言った。

「結局、私のしたことは、余計なお世話というか、空まわりだったのね」

しょんぼりと肩を落として、須磨崎はつぶやく。

「料理教室の、愛子先生、だっけ？　さすが、年の功というか、いいこと言うわよね。それに比べて、私ときたら……」

普段は決して見せないような表情と気弱な発言に、なんと声をかければいいのかわからず、ヴィンセントは戸惑う。

「悪い癖だと、自分でも思うわ。すぐに戦って、勝ちに行こうとしてしまう」

「あなたの立場なら、それも仕方のないことでしょう」

「でも、時々、こんな自分のことが嫌になるのよ」

須磨崎は潤《うる》んだ目で、ヴィンセントを見あげる。

「前の夫ともめたときも、そうだった。裁判で白黒つけようとするのではなく、手料理のひとつでも作って、可愛らしく帰りを待っていればよかったのかもしれない。でも、やりたくないことってあるじゃない？」

かなり酔っているらしく、須磨崎はいつもよりも饒舌《じょうぜつ》になっていた。

そうか、離婚歴があったのか。

知らなかった過去が明かされて、一歩、距離が縮まったような気がした。

「私もおいしいものを作ることができたら、きっと、こんなふうにはならなかったのだろうな……」

日本人女性は興味深い、とヴィンセントは改めて実感する。

愛子先生のようなひともいれば、須磨崎のようなひともいる。

みんながみんな、大和撫子というわけではないのだ。

「それなら、あなたも料理教室に通ってみてはどうですか？」

ヴィンセントの提案に、須磨崎は目を細めて、ふっと笑った。

「そうね、それもいいかもしれない。……でも、ううん、遠慮しておく」

首を横に振って、須磨崎はワイングラスを見つめた。

「適材適所というものがあるのよ。私は私、やりたいことだけやるわ」

断固とした口調で言うと、残っていたワインを飲み干す。

ぽろりと本音をこぼしたあと、強くあろうと自分を鼓舞する須磨崎のすがたは、ヴィンセントの目にとても好ましく映った。

可愛いひとだ、と思う。

ひとりで気丈に生きていこうとしているからこそ、守ってあげたいという気持ちが湧きあがってくる。

「悪い癖というなら、私にもある」

ヴィンセントが言うと、須磨崎はわずかに首をかしげた。

「どういうこと？」

「以前、恋人にこう言われた。あなたは恋人よりも、お菓子を愛しているのよ。あなたにとって女性はルセットを引きだすためのものにしか過ぎない、新しいルセットが完成すれば用済みになった恋人には興味をなくしてしまう、と」

かつて恋人から投げつけられた言葉に、ヴィンセントは反論できなかった。

まさに、そのとおりだったのだ。

女性に惹かれると、ルセットが浮かぶ。しかし、最初は魅力的に感じた女性も、すっかり味わい尽くしてしまうと、途端に色褪《いろあ》せるのだ。

「見くびられたものね」

そう言うと、須磨崎は口の端をあげて、不敵に笑った。

もはや落ちこんではおらず、いつもの自信家の女性に戻っていた。

「試してみない？　私から、どれだけのルセットを引きだせるのか」

挑発的な笑みに、ヴィンセントは心が動く。

そうだ、日本人女性がすべておなじというわけではない。

組み合わせの問題なのだ。これもまた、であいもん、だろう。自分と須磨崎のあいだには、どんな化学変化が起こるのだろうか。

カフェのほうは、なんとかうまくいきそうだ。

そろそろ、新しい恋をはじめてみるのもいいかもしれない。

そんなことを考えながら、ヴィンセントはカウンターの上に置かれた須磨崎の細い指を見つめ、そっと手を重ねた。

第三話

ふたりの台所

1

ミキには姉がいて、名前をジュリアという。

漢字では樹里愛と書くのだが、本人はその仰々しい字面《じづら》を嫌っている。

ジュリアは姉、ミキは弟である。

ふたりは風呂なしの古いアパートで暮らしている。部屋にはエアコンもついていないので、夏場は蒸し暑くて茹《う》だりそうなほどだったが、ここ数日は秋風を感じるようになり、ようやく過ごしやすくなってきた。

ジュリアは社会人、ミキは大学二年生だ。ジュリアが仕事から帰ってくるのを待ちながら、ミキは夕食を作る。

愛子《あいこ》先生の料理教室に通うようになってからというもの、レパートリーが格段に増えた。まともな家庭の食事というものをほとんど経験してこなかったミキにとって、料理教室で見るもの聞くもの、すべてが新鮮で、驚きの連続だ。

ミキはおたまを持つと、かぼちゃを煮ている鍋のふたを取った。

「そろそろ、火が通ったかな」

地声で、ひとり言をつぶやく。

いま、ミキはメンズブランドのシャツとジーンズを身につけている。

どこから見ても好青年、さわやかで清潔感のある男子大学生という風貌だ。

手に持ったおたまで煮汁を少しすくい、小皿に入れて、味見をする。

「よし、完璧」

料理教室で試食したときと、ほとんど変わらない味にできあがっていた。

ミキは家でも、愛子先生から習ったとおりに料理を作る。レシピに忠実なだけでなく、味噌《みそ》や醬油《しょうゆ》などの調味料も料理教室で使っているのとおなじものをそろえるという念の入れようだ。

「たしか、栗ご飯には、胡麻《ごま》塩を振るんだったよな」

つぶやきながら、ミキはメモ帳をめくる。愛用しているメモ帳には、料理教室で愛子先生から教わったことがびっしりと書きこまれていた。

茶碗によそったあとにお好みで胡麻塩をかける、という文を確認してから、ミキは炊飯器のふたを開けた。

炊きたてのご飯に、ほんのりと栗の香りも感じて、なんとも食欲がそそられる。しゃもじを片手に、底のほうから掘り起こすように栗ご飯を混ぜていると、胃が空腹を訴えてきた。

「これで、あとは蒸らしておくだけ」

炊飯器のふたを閉めて、壁にかけた時計を見あげる。

もうすぐ、ジュリアが帰ってくる時間だ。

残業になるときは電話かメールがある。連絡がなかったということは、定時で帰ってくるだろう。

京都はふたりにとって、縁《えん》もゆかりもない土地だった。

ミキは高校生のときに読んだ本をきっかけに、心理学というものに興味を持ち、その著者が講義をしている京都の大学で勉強をしたいと思うようになった。だが、親には下宿のための仕送りをする余裕などなく、進学をあきらめかけていたところ、すでに地元で働いていたジュリアが京都に転職先を見つけて、いっしょに住もうと言ってくれたのだった。

ジュリアとふたりで暮らすようになり、ミキは一から家事を覚えた。

家賃や生活費などは、ジュリアが支払っている。その分、炊事や掃除はミキの担当だ。

さすがに洗濯は各自で行う。大学は返済しなくてもいい奨学金で通い、料理教室の料金はミキがアルバイト代から出している。愛子先生の料理教室は入会金もいらず、月謝もこちらが心配になるほど良心的な価格なので、学生の身でもまかなうことができた。家計と家事の分担についてはきっちりと話し合ったわけではないが、おのおのができることをして、思いやりの精神で助け合うようにしている。

「ただいま」

玄関ドアが開き、ジュリアの声がした。

「はあ、今日も疲れた……」

かすれた声で言いながら、ジュリアは台所に入ってくる。

ジュリアの外見は、ミキとまったく似ていない。

細身のミキに対して、ジュリアは太めの体型だ。

「おかえり。いまから、魚、焼くよ」

ミキが声をかけると、ジュリアの顔はみるみる生気を取り戻していく。

「ああ、おなか空いた。魚って、なに?」

「秋刀魚《さんま》。安かったから。特売で百円切ってた」

「わーい。やっぱ、いまの時季は秋刀魚だよね」

洗面所で手と顔を洗って、うがいをしたあと、ジュリアは冷蔵庫を開けた。そして、よく冷えたミネラルウォーターを食卓に用意した。

「大根、おろそうか？」

「うん、頼む」

ミキがガスコンロに付属している魚焼きグリルで秋刀魚を焼く横で、ジュリアはおろし金でぞりぞりと大根をおろしていく。

「この大根、辛いかも」

くんくんと匂いをかいだあと、ジュリアは自分の箸《はし》で大根おろしをつまみあげ、味見をした。そして、顔をしかめる。

「うわ、やばい！」

ジュリアはおなじ箸で、もう一度、大根おろしをつまんで、ミキの口に持っていく。

「どう？」

「うっ、たしかに。姉ちゃんがおろすと、いつも辛くなる気がするよな」

「ごめん……」

「いや、べつにいいけど。俺、辛いほうが好きだし。そういえば、前に、愛子先生が言ってたんだけど、大根おろしって、怒りながらおろすと辛くなるんだって」

「え、そうなの？」

「力まかせにおろすと、大根の細胞が壊れて、辛み成分が出やすいらしい。だから、優しい気持ちで、そっと円を描くようにおろすのが、甘くするコツだと教わった」

「なるほどねえ。今度から気をつけてみる」

香ばしく焼きあがり、脂《あぶら》が爆《は》ぜている秋刀魚を、ミキは皿に盛りつける。その皿に、ジュリアが大根おろしを添える。ミキがかぼちゃの煮つけを盛りつけているあいだに、ジュリアは栗ご飯を茶碗によそう。手の空いているほうが、残っている仕事をするのは当たり前のことだ。

食卓につくと、ふたりは手を合わせて「いただきます」と言う。

栗ご飯を頬張《ほおば》って、ジュリアは幸せそうに目を細めた。

「うーん、おいしい」

はちきれんばかりの頬に、たっぷりと肉のついた二重顎《あご》。

ばくばくと怒濤《どとう》の勢いで食事をする姉のすがたは、世間一般の男性の目には決して「美しい」とは映らないだろう。だが、ミキにとっては、なにより至福の時間だ。

わざわざ料理教室に通うことを決めたのも、姉のためだった。

実のところ、ミキにはあまり食への執着がない。自分ひとりなら、食べるものなんて、どうでもいいと考えてしまう。自分の料理を食べてくれるひとがいるからこそ、頑張って作ろうという気持ちになるのだ。

ジュリアが冷蔵庫からポン酢を取りだすと、ミキは首をかしげた。

「ポン酢？　醬油じゃなくて？　このあいだ、料理教室で秋鮭《あきじゃけ》を焼いたときには、醬油を垂らしたけれど」

「でも、ほら、ここに書いてあるから」

ジュリアの言うように、ポン酢のラベルには「鍋物、サラダ、焼き魚などに」という文字が書かれていた。

「それじゃ、試してみよう。姉ちゃんはポン酢かけて。俺、醬油だけにするから」

ふたりは、お互いの秋刀魚に、べつのものをかける。

ミキとジュリアには「おふくろの味」というものがない。

幼少期の経験によって形成されるべき味覚が欠如していた。

だから、ひとつひとつ、検証を行う。

それぞれの秋刀魚を口に運んだあと、皿を交換して、味を比べた。

「ポン酢のほうがさっぱりしていいね」

ジュリアの意見に、ミキもうなずく。

「異議なし。脂がのった魚には、柑橘《かんきつ》系の酸っぱさをプラスしたほうがいいってことだよな」

「じゃ、我が家の定番は、秋刀魚にはポン酢ってことで」

「りょーかい」

大事な家族と、食卓を囲む幸せ。

ふたりはただ手料理を食べるだけではなく、それを象徴として味わう。

物心ついたころから、ミキは母親が料理をしているのを見た記憶がなかった。

母親が買ってくるのはアルコール飲料に、コンビニの弁当、レトルト食品や菓子パン、ゼリー飲料などで、幼少期の自分たちもそれらを食べるしかなかった。

満足な食事が与えられなかったミキは栄養失調気味で、ほとんど筋肉がつかず、身長もあまり伸びなかった。一方、ジュリアの体は、栄養を少しでも溜《た》めこもうとしているのか、奇妙なほど太っていった。

だが、それも過去の話だ。

ふたりは少しずつ、生活を向上させている。

「今日のお客さん、面白かったんだよ。クレームから段々、人生相談になっていって、ついには旦那《だんな》さんと離婚するべきかどうかなんて話になっちゃって」

ジュリアは苦情処理を担当するコールセンターのオペレーターをしており、夕食時に仕事の話をすることが多い。

「だれにも相手をしてもらえない孤独で可哀相《かわいそう》なひとなんだろうなあ……って思いながら話を聞いていたら、急に、あなた、一度、私の息子と会ってみない？　とか言いだしたの」

「ええっ、なにそれ」

「口答えせずに、素直にハイハイ言うから、嫁にちょうどいいと思ったんだろうね。怖い怖い」

爆笑しながら、ジュリアはどんどん栗ご飯を胃袋に収めていく。

「姉ちゃん、声だけは美人だもんな」

「声だけって、失礼な」

「ごめんごめん。おかわりは？」

ミキがたずねると、ジュリアは空になった茶碗を差しだした。

「もちろん、食べる」

ミキは立ちあがって、栗ご飯のおかわりをよそう。

「そういや、前に話した料理教室の佐伯《さえき》さん、覚えてる？」

栗ご飯を山盛りにした茶碗を渡しながら、ミキは言った。

「うん。無愛想だけど、実はいいひとそうなおじさんでしょ？」

ジュリアが職場の話をするように、ミキは通っている大学や料理教室のことをよく話題にする。

佐伯がほとんど面識もなかった相手と見合いで結婚したということも、ジュリアは知っていた。

「たぶん、佐伯さんの奥さんって、熟年離婚を考えてるような気がするんだよな」

「え、なんで？」

「佐伯さんは、家のことなんかなんにもしたことなかったのに、急に、奥さんから料理教室に通うことを命じられたらしいんだよ。それって、絶対、離婚のための布石でしょ」

「ああ、たしかに。それか、お試し期間なのかも。ちゃんと料理をマスターして、家事を手伝うようになれば、定年退職したあとも粗大ゴミにはならないわけだし」

「いきなり離婚を切りだされたら、佐伯さん、ショックだろうな」

「でも、アドバイスのしようもないしね。建築家の子はどうなったの？」

「真渕《まぶち》さん？　あっちは、奇跡的にうまくいってるみたい」

「おお、それはすごい。図書館の司書さんに一目惚《ぼ》れでしょ。ドラマチックよねえ」

うっとりとした声で言って、ジュリアは笑みを浮かべる。

ジュリアは決して、他人を妬《ねた》んだりしない。

あきらめているのだ、すべてを。

ほかのひとが持つ幸福を、自分も享受できるとは限らない。

幼少期の経験から、ふたりはそれを痛感している。

はじめから自分には無縁のものだと思っていれば、羨《うらや》ましいという気持ちに苦しめられることもない。

「ごちそうさま。ああ、おいしかった」

満ち足りた顔で、ジュリアは手を合わせる。

「疲れて帰ってきたらご飯があるって、ほんと、幸せ。ありがと、いつも、おいしいものを作ってくれて」

「姉ちゃんこそ、仕事、お疲れさま」

ふたりは感謝の心を忘れず、お互いをいたわり合う。少々わざとらしく、過剰なほどに。

「あ、そうだ。食後にデザートあるから」

ミキが取りだしたものを見て、ジュリアは目を輝かせた。

「ふたばの豆大福？　やったあ！」

「あとさ、姉ちゃん、松風《まつかぜ》って、食べたことある？」

「なにそれ、知らない」

「そんじゃ、今度、買ってくる。白味噌が入ったカステラみたいな和菓子だって。前に佐伯さんから聞いて、興味あるんだ」

「わあい、楽しみ」

ジュリアは喜びいっぱいの笑みを浮かべ、目を糸のように細くして、豆大福を見つめている。

番茶や玉露もあるのだが、ミキは煎茶《せんちゃ》をいれることにした。まず、湯飲みに湯を入れて、器をあたためつつ、湯の温度が下がるのを待つ。急須に茶葉を入れ、適温となった湯を注ぐ。浸出時間は三十秒ほどで、ふたつの湯飲みに交互に注ぎ、最後の一滴まで落とす。

これで雑味がなく、まろやかな煎茶を味わうことができる。

お茶ひとつにしても、ミキには「正しい経験や知識」がなかった。缶やペットボトルに入ったものしか飲んだことがなかったのだ。だから、インターネットで調べて日本茶専門店のサイトに載っている「おいしいお茶のいれ方」を参考にしたり、岡倉天心《おかくらてんしん》の『茶の本』を読んだりして、自分なりに身につけた。

「はあ、ほっとする……」

煎茶をすすると、ジュリアは恍惚《こうこつ》とした表情を浮かべた。

「うちでまったりするのって、最高だよねえ。どんな疲れも吹き飛んじゃう」

子供のころには想像さえもできなかった穏やかな空間に、ミキの胸中にもしみじみと幸福感が広がる。

「あ、そうだ。あたしもお土産《みやげ》があったんだ」

ジュリアは席を立ち、自分の部屋から紙袋を持ってきた。

「じゃーん」

効果音を口にしながら、紙袋から洋服を取りだす。

「今日のお昼休みに見つけちゃって、もう絶対に似合うと思ったから、思わず買っちゃった」

ジュリアが広げて見せたのは、もこもことしたタオル地パーカだった。

色はオフホワイトで、パステルピンクのラインが入っており、あきらかに女性向けのデザインである。

「着てみて」

ミキはシャツを脱ぎ、パーカを羽織《はお》った。

「うん、やっぱり似合う」

声を弾《はず》ませて、ジュリアは言う。

「黒いショートパンツがあったでしょ？　あれとコーディネートしたら、ぴったりだと思うんだけどな」

「はいはい。着替えてくるよ」

自分の部屋に入ると、ミキはショートパンツにはきかえた。ついでに、靴下はニーソックスにして、ウィッグもかぶる。

「可愛《かわい》い～っ！」

ミキがすがたをあらわすと、手を叩《たた》いて、ジュリアは絶賛する。

「メイクもさせて」

「いまから？」

「写真撮りたいの。ねっ、お願い」

「レポートやらなきゃいけないんだけど……」

ミキはためらいつつも、結局はジュリアの言うとおりにした。

ジュリアは自分自身に化粧を施すことは滅多にないが、メイク道具を各種取りそろえている。華やかで可愛らしいものを見ると、つい買ってしまうらしい。ラメ入りできらきらと輝くリップカラー、アンティーク調の金文字でブランド名が書かれたエレガントなマスカラ、花畑を思わせるようなパステルカラーのチーク……。しかし、自分には似合わないと思いこんでいるので、それらは集めて楽しむコレクションのようなものだ。

顔にいろんなものを塗られながら、ミキは頭のなかでレポートの論旨を整理して、組み立てることにした。

設題は「乳幼児期から老年期に至るまでの発達のプロセスを述べよ」だ。まずは発達の定義を考察する。発達と成長のちがい。エリクソンの提唱した発達の三要素……。

大学で心理学を専攻しているのは、人間の行動を理解したいと思ったからだった。

だが、いくら知識を得てみても、水面に浮かんだ月をつかまえようとして、池の水をすくっているような気分になる。

「ちょっと、目、開けて」

瞼《まぶた》を動かすと、至近距離にジュリアの顔があった。

ジュリアは息をつめて、ミキのまつげをカールさせている。

視線を落とすと、ジュリアの左腕が見えた。ジュリアはどんなに暑いときでも長袖《ながそで》の洋服しか着ない。袖がめくれており、いつもは隠されている部分が目に入る。

ジュリアの左腕には、三センチほどの傷痕《きずあと》が残っている。遠い昔、酔って暴れた父親からミキをかばったときに負った傷だ。

その経験のせいか、ジュリアには男性不信のようなところがあった。

ミキが女性のすがたになるとジュリアがうれしそうなのは、そこにも理由があるのかもしれない。

「はい、もう一回、目を閉じて」

ミキは身動きひとつせず、されるがままだ。

着せ替え遊びのお人形。

食への欲求に欠けるミキは、外見についても、どうでもいいと思っている。こだわりがあるから女性の衣服を身につけているのでなく、関心が薄いからこそ、姉が望むすがたになることにも抵抗がない。

はじめてミキがメイクをすることになったのも、ジュリアのためだった。

京都では、着物すがたの女性を見かけることが多い。美しいものが好きなジュリアは、着物の女性を見かけると、熱いまなざしで見つめていた。

去年のジュリアの誕生日、ミキはプレゼントについてリクエストを求めた。

それに対して、ジュリアは「舞妓体験《まいこ》」と答えた。

自分自身が舞妓のすがたになるのではなく、ミキにおしろいを塗り、紅を引き、着物や帯やかんざしを選んで、美しいすがたへと変身させることを求めたのだ。

ミキを身代わりとして、ジュリアは変身願望を叶《かな》えている。

姉を癒《いや》すセラピーの道具になることができるなら、その役目を甘んじて受け入れよう。

目を閉じて、ミキは考える。

たとえば「承認欲求」という言葉について。

たとえば「ＰＴＳＤ」という言葉について。

たとえば「共依存」という言葉について。

名前をつけることは、一種の呪《のろ》いだ。

カテゴライズした途端、見えなくなってしまうものもある。

「うん、完璧！」

ジュリアの声に、ミキはうっすらと目を開けた。

「可愛いなあ！　ほんと、可愛い！」

うっとりしたまなざしで見つめられ、悪い気はしない。

「こっち見て！　ハイ、ポーズ」

カメラを構えたジュリアに、ミキはにっこりと笑顔を向ける。

ジュリアがシャッターを押すたびに、ミキは的確に可愛く見えるポーズを作る。頬に手をあてて小首をかしげたり、指を合わせてハートを作ったり、祈るような手のかたちで上目遣いをしてみたり……。

「もうっ、レポートをやるつもりだったのにぃ。ぷんぷんっ」

可愛らしい声を出して、いちおう怒ってみせるが、実際のところは、自分も楽しんでいないわけではない。

ふたりの暮らしは、魔女のいないお菓子の家のようなものだ。

森に捨てられた子供が、ようやく辿《たど》り着いた安寧の地。おそろしい大人の存在に怯《おび》えることなく、好きなだけ甘いお菓子をむさぼることができる……。

はじめのうちは、栄養のことなんて考えず、自分たちの好きなものばかりを買って、食べていた。だが、節約のためには自炊をしたほうがいいことに気づいた。自分で料理を覚えて、うまくやりくりすれば、かなり家計が楽になって、ジュリアの助けになることがわかったのだ。

ミキの母親はいつも「お金がない」とこぼしていたが、その原因は食費の無駄遣いにもあったのではないかと、いまにしてみれば思う。家族の分をまとめて作れば安くつくだろうに、外食に頼っていたのだから、相当、エンゲル係数は高かったはずだ。

料理本を買ったり、テレビの料理番組を参考にしたり、インターネットでレシピを調べたりして、見よう見まねで料理を作るうちに、ミキはどんどん、はまっていった。人間の脳というものは、上達をすることに喜びを感じるようになっている。

ミキの手料理が食卓に並ぶと、ジュリアもうれしそうだった。

しかし、自分の作った料理がちゃんとできているのか、ミキには自信がなかった。本もテレビもネットも、模範となる料理を目で見ることはできても、口に入れることはできないから、味をたしかめようがない。

そこで、料理教室というものに行ってみることにしたのだった。

2

土曜日の夜、いつものようにミキは身支度を整えて、愛子先生の料理教室へと向かう。

アパートのドアを開けるときには、そっとあたりをうかがい、近所のひとに見られていないのを確認してから、素早く外に出る。

そして、なに食わぬ顔をして歩きだす。

姿勢や歩き方には、かなり気をつけている。女性特有の動作を観察して、訓練によって、身につけた。

最初はすれちがうひとの視線が気になったが、いまではヒールのある靴で歩くことにも慣れたものだ。ミキのすがたには違和感はないようで、じろじろと見られたりもしない。いたって自然に、町の風景に溶けこんでいる。

料理教室に通うようになるまで、ミキは女性用の衣服を身につけて、外出したことはなかった。

町を歩きながら、ショーウィンドウに映る自分のすがたを確認する。

自分でも似合っていると思う。……いまは、まだ。

体は変わっていく。ミキはいまだに身長が伸びている。女性でも年齢に合わせて、服装を変化させていくものではないだろうか。

ずっとこのままではいられない。それはわかっている。だが、一度はじめてしまったことは、やめどきというものが難しい。

愛子先生の料理教室を見つけたのは、偶然だった。

春が近づいたある日のこと。

路地に迷いこんで、うろうろしていたところ、ある長屋の一番奥の玄関にかかっていた暖簾《のれん》に「料理教室」の文字を見つけた。

そうだ、こういうところに通えば、ちゃんとした先生が作る「正しい料理」を実際に味わってみることができるのではないだろうか。

そう思って、近くまで行ってみると、達筆の貼《は》り紙に気づいた。

四月より土曜日の夜のクラスがスタートするらしく、生徒募集中と書かれていたのだ。

貼り紙を見ていたところ、ちょうど玄関が開き、生徒らしき妙齢の女性たちが楽しげにおしゃべりをしながら出てきた。

和気あいあいとした女性たちを見て、ミキは少しひるんだ。

あの場所に、男である自分が入っていくのは、勇気が必要だ……。

そこで、考えた。

女性の輪に入っても違和感のないすがたで行くというのは、どうだろうか。

ワンピースを着たり、スカートをはいたりするのは、あくまでもジュリアのためだった。

閉じられた部屋のひそやかな遊戯。

だが、料理教室に通うにあたって、ミキは女性のすがたをして、はじめて外出をしてみたのだった。

ばれないように完璧に女性を装って、料理教室の戸を叩いた。

それなのに、まさか、土曜日のクラスが、男性限定だったなんて……。

愛子先生は最初、驚いたように、目をぱちくりとさせていた。

しかし、外見について、特に言及されることはなかった。

ほかの生徒たちも、ミキの存在を「そういうもの」として、接してくれている。

家族でも学校でも職場でもなく、料理を学ぶという目的のため、たまたまおなじ場所にいるだけの関係。干渉されない気楽さ。ほどよい距離感が心地よい。

男性ばかりのクラスということがわかってからも、いまさら普段の恰好《かっこう》で行くのも気恥ずかしくて、ミキは女性のすがたのまま、料理教室に通っているのだった。

愛子先生の料理教室に足を踏み入れるたび、ミキの胸には懐かしさがあふれる。

靴を脱いで、板間にあがりながら、「ただいま」と声をかけたくなるのだ。

しかし、懐かしいといっても、実際にこのような暮らしを知っているわけではない。

ミキが生まれ育ったのは、鉄筋コンクリートで作られた団地だった。アルミサッシの窓に、安っぽいクッションフロアの床。何度かおとずれたことのある祖父母の家も、中途半端に洋風の住宅で、屋根瓦《やねがわら》もなければ床《とこ》の間《ま》もなかった。

古き良き時代なんて、知らない。

それなのに、なぜ、割烹着《かっぽうぎ》をまとった愛子先生に対して、こんなにも郷愁《きょうしゅう》をかきたてられるのだろう……。

「さて、みなさん、そろわれましたね。ほんなら、はじめましょうか」

立ちあがって、愛子先生はやわらかく微笑《ほほえ》む。

愛子先生を見ていると、ミキは「作りものみたいだなあ」と思ってしまう。

まるで、映画のセットから抜けでてきたようだ。

具体的な題名が思い浮かぶわけではないが、昭和の時代の映画には、愛子先生のようなひとが存在していた気がする。

きちんと生きてきたひと。

ていねいに暮らしているひと。

ミキにとって、そういう存在はむしろ、現実離れして感じられた。

「日が暮れると、すっかり寒うなってきましたね。今日のお献立は、引き上げ湯葉と豆乳湯豆腐にしましょう。それから、萩《はぎ》ご飯に、お大根と干し柿《がき》の酢の物、にしん茄子《なす》を作ります」

「愛子先生、萩ご飯ってなんですか？」

片手をあげて、ミキは質問する。

「あずきの紫を萩の花に、ぎんなんの緑を萩の葉に見立てた混ぜご飯ですよ。栗ご飯やら松茸《まつたけ》ご飯やらに比べるとお味の面では派手さはないですけれど、花の美しさをうつして目を楽しますご飯で、風情を感じますね」

「そうなんですね。はじめて知りました。そもそも、萩の花って見たことがないです」

ミキが言うと、智久《ともひさ》もうなずく。

「恥ずかしながら、僕も萩と言われても、どんな花か思い浮かびません」

すると、ヴィンセントが鼻を鳴らし、肩をすくめた。

「おいおい、きみたち、日本人だろう。私はわかるぞ。点々と咲く、可憐《かれん》な花だ」

その言葉に、佐伯もつづける。

「花札にもあるやろ。萩とイノシシ」

しかし、ミキは智久と顔を見合わせ、首をかしげる。

「うーん、花札と言われても……」

「すみません。花札もやったことなくて」

「なんや、花札も知らんのか。最近の若者やな、ほんまに」

あきれた口調で佐伯が言うと、愛子先生が一枚の写真を取りだした。

「こんなお花ですよ」

どこかの家の庭らしき場所に、赤紫色をしたちいさな花が咲き乱れている。

「草かんむりに秋と書くだけあって、秋の七草のうちのひとつです。萩、桔梗《ききょう》、葛《くず》、藤袴《ふじばかま》、女郎花《おみなえし》、尾花《おばな》、撫子《なでしこ》」

愛子先生が暗唱するのを聞いて、ミキと智久は「おお～」と感嘆の声をあげながら、ぱちぱちと拍手する。

「ぎんなんを縦半分に割ると、その断面が、色もかたちも萩の葉そっくりになるんですよ」

「でも、ぎんなんって、黄色じゃないですか？」

茶碗蒸しのなかに入っているぎんなんを思い浮かべ、ミキは言った。

「ぎんなんは新しいのやと、あざやかな翡翠《ひすい》色をしているんですよ」

愛子先生はぎんなんを一粒取ると、ペンチを使って、殻《から》を割ってみせる。

ぱちんっと小気味よい音がして、殻のなかから、若々しい艶《つや》やかな緑の実が転がった。

「電子レンジで加熱する方法もありますが、今日はこうやって一粒ずつ割って、茹《ゆ》でましょう。力を入れすぎると、実がつぶれてしまいますから注意してくださいね。そのあいだに、あずきも炊いときましょうか」

ミキは智久と組になって、作業台を使うことになった。

「僕、ぎんなんの殻割り、担当します」

「では、あずきを煮るの、やりますね」

ミキはあずきを軽く洗って、鍋を火にかける。

「お豆さんを炊くときには、一晩水に漬けておくことが多いけれど、あずきはその必要がないですよ。まずは強火で、あずきを目覚めさせてあげてくださいね。あずきの皮から灰汁《あく》が出ますから、煮立ったら、一度ざるにあげ、渋きりをすることで、上品なお味に仕上がります」

愛子先生の教えに従って、ミキはあずきを炊いていく。

ふつふつと煮汁が沸いて、あずきはふっくらとふくらんできた。

「びっくり水を差してあげることで、しわが寄るのを防げますよ」

ここに砂糖を投入すれば、ぜんざいになるのだろうが、今日は甘みはつけない。

煮汁の表面には、次から次に灰汁が浮かんでくる。

「愛子先生、灰汁は取ったほうがいいですか?」

おたまを片手に、ミキは質問した。

「そうですね。えぐみのもとになりますから」

薄汚れた茶色い膜のような灰汁を、何度もおたまですくっては、捨てる。そんな地道な作業をつづけながら、ミキは考えた。

自分も、この場所で、灰汁抜きをされているみたいだ。

えぐみ、渋み、苦みのようなものが、愛子先生のそばにいると、やわらいでいく。

「ぎんなんの殻、全部、割れました」

智久が言うと、ヴィンセントと組んで作業台を使っていた佐伯も顔をあげた。

「こっちも終わったで」

そう言って、佐伯はぎんなんをどこか誇らしげに見せる。

「ほんなら、お次は酢の物に行きましょうか」

「この柚子《ゆず》、中身をくり抜くんですよね？」

智久が柚子に手を伸ばしたので、ミキは大根と干し柿を切ることにした。

「こういうの、なんか、お正月みたいですね」

スプーンで柚子の果肉をかきだしながら、智久が言った。

「柚子の容れ物なんて、うちの母親はおせち料理のときくらいしか作りませんでしたよ」

「普段の家庭料理で作るのは手間ですけれども、美しいだけでなく、柚子の器に入れると、風味が移って、お味も格段にようなりますから、覚えておいて損はないですよ」

愛子先生の言葉を聞きながら、ミキは大根をいちょう切りにしていく。

「ちゃんとおせち料理を作っているのだから、真渕さんのお母様はえらいですよ。ほら、最近じゃ、百貨店とかで買うひとも多いし、そもそも、おせち料理を食べないひとだっているらしいじゃないですか」

他人事《ひとごと》のように言っているが、まさにミキの実家の話である。

まったく料理をしなかったミキの母親は、当然、おせち料理なるものを作ったことが一度もなかった。

ミキが食べたことのあるおせち料理というのは、元日が過ぎたあと、スーパーの総菜コーナーで売れ残って、安売りされていたパック入りの栗きんとんや伊達巻《だてま》きくらいだった。

「そやな、うちも来年は店で買《こ》うてこようかという話が出た」

もう片方の作業台で、柚子をくり抜いていた佐伯が口を開く。

「子供らも独立して、ふたりやと、ぎょうさん作っても食べきれへんからな」

その発言に、ミキはひやりとした。

伝え聞く話の端々《はしばし》から、どうも、佐伯の妻には、なにか思うところがありそうなのだ。

おせち料理を店で注文するというのは、まさに、佐伯の妻の心が、家庭から離れている証拠《しょうこ》ではないだろうか……。

料理教室でのわずかなやりとりでしか知らないが、佐伯は悪いひとには見えなかった。無愛想ではあるが、妻から料理教室に通うよう命じられて素直に従うのだから、横暴な夫には思えない。

「フランスにも、おせち料理みたいなものはあるんですか？」

気まずさをごまかすように、話の矛先《ほこさき》をヴィンセントに向けてみる。

「フランスでは、正月よりも、ノエル……クリスマスのほうが盛りあがる。クリスマスの食事は、一年のうちでもっとも重要で、家族や親戚が集まって、みんなで祝うものだ。フォアグラ、サーモン、それから牡蠣《かき》！　七面鳥にチキン、うさぎのグリルもいいな。バターたっぷりのクロワッサンに、ブリオッシュ。もちろん、シャンパンは欠かせない。チーズにショコラ、クッキー、ブッシュドノエルなど、体重のことなど考えず、ひたすら食べまくる」

舌なめずりをせんばかりの勢いで、ヴィンセントはまくしたてた。

「聞いているだけで胸焼けがしそうですね……」

「うちの家では、毎年、クリスマスからずっとごちそうを食べつづけて、気がつくと新年になっているという感じだったな」

「ヴィンセントさんは、年末年始、フランスに里帰りするんですか？」

「ああ、考えてみると、こっちに来てから、一度も帰っていないな」

「ええっ、そうなんですか！　どうして？」

大げさに驚いてみせるものの、実はミキも家を出てから、ほとんど帰省というものをしていなかった。

だが、来週には法事があり、母親と顔を合わせなければならない。

そのことを考えると、ミキは気が重かった。

「クリスマスなんて、パティスリーにとって、もっとも忙しい時期だ。休みが取れるわけがない」

そう言って、ヴィンセントは肩をすくめてみせる。

会話をしながらも、それぞれ、手は動かしていた。

「はい、ミキさん。柚子、しぼれました」

「じゃ、こっちで、和《あ》えていきますね」

智久から受け取った柚子の果汁に、ミキは醬油を加えて、酢の物を混ぜ合わせていく。

「炊き合わせにするお茄子は、まず縦半分に切って、こんなふうに皮のほうから斜めに細く切れ目を入れていってくださいね」

智久は茄子を手に取り、愛子先生のお手本とおなじように切っていく。

「みなさん、お上手になりましたねえ」

生徒たちの手もとを見まわして、愛子先生はしみじみと言った。

「あ、ミキさん、これ、お願いしてもいいですか」

ミキが酢の物を混ぜ終わったのに気づくと、智久は柚子の器を差しだした。

柚子の器を渡したあと、智久は茄子に切れ目を入れる作業に戻る。

要領のいいミキが初回からそれなりに調理器具を扱えていたのに対して、智久の包丁さばきは覚束《おぼつか》なかった。それが、いまではすっかり堂に入っている。それどころか、こんなふうにほかのひとの手順まで気遣えるようになったのだから、たいしたものだ。

「真渕さん、ちょっと雰囲気、変わりましたね」

「そうですか？」

「恋がうまくいっている証拠でしょうか」

すると、智久は照れくさそうに笑みを浮かべた。

「ええ、まあ……」

「本当にうまくいっているんですか。なんだ、つまらない」

「ミキさん、いま、さりげなく、ひどいことを言いませんでしたか……」

「うん？　空耳じゃないですか？」

小首をかしげて、とぼけてみせる。

智久の恋愛を応援しているという気持ちに偽りはないのだが、たまに嫌みを言ったりもしたくなるのだ。

「それで、うまくいっているって、どの程度まで進んだのですか？」

「このあいだ、彼女といっしょにヴィンセントさんの店に行きました」

はにかみながらも、智久は答えた。

「そういえば、トラブルがあって延期になっていたと言ってたけれど、無事にオープンできたんですね」

レセプションを楽しみにしていたのだが、諸事情によりオープンの日が変更になり、知人を招いてのパーティーは行われなかったらしい。

「ああ、近いうちにぜひ、ミキも来てくれ」

そう言ったあと、ヴィンセントはつけ加える。

「トモの彼女は、それはそれは美しい大和撫子《やまとなでしこ》だった。しかし、デートだというのに、トモはまったくエスコートができていなかったな。テーブルまで先に歩くし、彼女の椅《い》子《す》を引くのも忘れていたが、それに腹を立てることもなく、実に優しい女性だった」

「いや、ヴィンセントさん。彼女の話はもういいじゃないですか」

智久は顔を赤らめて、話をさえぎる。

「どのデザートもすごくおいしかったと、とても喜んでいました。ほんと、ミキさんもぜひ、行ってみてください」

幸せを隠し切れないような智久を、ミキはまぶしい気持ちでながめる。

ひたむきな智久をからかうのが面白くて、知ったかぶりをしてアドバイスなどをしてみせるが、全部、姉につきあって観ている恋愛ドラマや少女漫画、女友達から聞いた話の受け売りでしかない。

　ミキ自身は、告白されてつきあったことはあるものの、ぴんとこなくて、長続きはしなかった。

　よく知らない相手に、恋をするというのは、どんなものなのだろうか。

　ミキがなによりも大切に思っているのは、身内であり、血縁であり、生まれたときからそばにいたひとだ。

「いいですね！　あ、そうだ。佐伯さんも、奥様を誘って、ヴィンセントさんのカフェに行ってみたらどうですか？」

　ミキの提案に、佐伯は渋面のまま答える。

「まあ、うちの嫁は、甘いもんが好きやけど……。そのせいで、結婚した当初は、これくらいやったのが、いまなんか、こんなやからな」

　佐伯は両手で輪を作るようにして、動かしてみせた。

　その両手の円周が、妻のウエストをあらわしているのだろう。

「ほんま、詐欺《さぎ》やで」

　ぼやくように言った佐伯だが、その声にはあたたかさがあった。

結婚後、ぶくぶくと太った妻のことを、それでも佐伯は愛しているのだろう。

そんな夫婦の関係もあるのだと思うと、ミキには不思議な気がした。

ミキは正しい料理の味とおなじように、ふつうのひとの考え方も、知りたかった。

堅実な家庭を築いていそうな佐伯や、両親に愛されてまっすぐに育ったのであろう智久の話を聞くことは、ミキにとって「正しい家庭のあり方」についての答えあわせをしているような感覚だった。

「真渕さんは、どうですか？　その図書館の美女が激太りしたとしても、変わらず愛を誓えますか？」

ミキがつめよると、智久は少したじろいだ。

「うーん、それは……どうでしょう……。ちょっと想像できないっていうか、そのときになってみないとわからないですが……」

智久は戸惑いながらも、真剣に考えて、言葉を探す。

「でも、あんまり体重が増えすぎると、健康上もよくないだろうし、心配になると思います」

「だいたい、日本の女性は痩《や》せすぎだ」

横から、ヴィンセントが口を挟んでくる。

「体重を気にするなんて、ばかばかしい。大事なのは、数字ではなく、見た目なのに」

……え？

「あれ？　なんか、途中までいいことを言っているような気がしたんですが、結局、見た目ですか？」

ミキはずっこけそうになった。

「ああ、そうだ。体重なんて問題ではない。重要なのは、美しく見えるかどうか、だろう。自分のやりたいことをして、好きなものを食べて、人生を楽しんでいれば、女性は輝いているものだ」

さも当然という口調で言うヴィンセントに、ミキは返す言葉を思いつかなかった。

にしんの甘露煮と茄子を砂糖と醬油で甘辛く煮ていく。

食欲をそそる香りが広がり、ミキはたまらなく空腹を感じた。

「食事を楽しむっていうのは、大切ですよね。おいしいものを食べると、幸せな気持ちになれるんだから、楽しまないともったいないです」

ミキがつぶやくように言うと、愛子先生は微笑みを浮かべてうなずいた。

「そうですね。自分の手で作るお料理がおいしければ、自分で自分を幸せにすることができます。そやから、こうしてお料理のできるひとが増えると、どんどん幸せが広がっていくような気がして、ほんま、うれしいんです」

自分で自分を幸せにする……。

そんなこと、ミキはこれまで考えたことがなかった。

「そろそろ、ご飯も炊けそうですね」

香りを吸いこんで、愛子先生が言う。

「ほんなら、ぎんなんを茹でていきましょうか。薄皮を上手にむくコツは……」

ジュリアは、ぎんなんが大好物だ。だから、茶碗蒸しに入っていたときには、ミキはいつも自分の分を取りだして、ジュリアに食べさせる。

今日、萩ご飯の作り方を覚えたら、さっそく作ってあげよう。

そんなことを考えながら、ミキはメモ帳を片手に、愛子先生の説明に聞き入った。

3

　その日、ミキとジュリアが母親と会うことになったのは、祖母の一周忌のためだった。新幹線とローカル線を乗り継ぎ、四時間以上かけて帰省をしたのだが、幼い日々を過ごした町を見ても、別段、懐かしいという感情が湧《わ》きあがることはない。

　どこにでもありそうな地方都市の風景。駅前の商店街は大半の店がシャッターを下ろし、活気がなく、閑散《かんさん》としている。一方、国道沿いには、全国チェーンの飲食店やコンビニエンスストア、ショッピングセンター、家電量販店などが建ち並び、見慣れたロゴマークの看板が目立つ。

　ここでは歩いているひとを滅多に見かけない。車での移動が基本になっているのだ。ミキとジュリアも駅前でタクシーを拾って、菩提寺《ぼだいじ》へと向かう。

「もう一年だなんて、早いよね」

　タクシーを降りて、砂利道を歩きながら、ジュリアがつぶやく。

祖母の遺骨を持って、おなじ道を歩いたのは去年のことだ。

この寺には、母方の祖父と祖母が眠っている。

ミキは、生前の祖父についてまったく知らない。母親が中学生のときに、鬼籍に入ったらしい。

祖母に対しては「常識的なひと」だったという印象が強い。教員をしながら、だれにも頼らず、ひとり娘を育てあげた。

「お祖母《ばあ》ちゃんの家に行くと、お行儀について注意されたじゃない？」

ジュリアの言葉に、ミキも在りし日を思いだす。

「うん。お箸の持ち方とか、言葉遣いとか。厳しかったよな」

「あのころはうんざりして、お祖母ちゃんと会うのが憂鬱《ゆううつ》だったけど、いま思うと、有り難い話だよね」

「まあ、あのままじゃ、確実に、躾《しつけ》のなってない子供だったもんな」

「でも、うちって、あんまり、お祖母ちゃんの家に行かなかったよね」

祖母の家に行ったことは、数えるほどしかない。

子供心にも、祖母と母親の関係がぎくしゃくしていることは感じ取っていた。

「小学生のときとか、ほかの友達はお祖父《じい》ちゃんやお祖母ちゃんたちからいっぱいお年玉をもらってるのに、うちは離婚してたから、片方の実家にしか行けないし、それだって行かない年もあったりしたから、不公平だなあって思ったよ」

ふたりにとっては、口うるさくも思いやりのある祖母だったが、実の娘にしてみれば、窮屈《きゆうくつ》に思えることも多かったのだろう。

母親は厳格な祖母を煙たがって、滅多に実家に寄りつかなかった。

祖母は公序良俗を重んじて、世間体というものを大切にしていた。どこに出しても恥ずかしくないように育てたはずの娘が離婚をしたことは、祖母の人生における汚点だったようだ。

たとえば、離婚をしたことについて、祖母はこんなふうに言っていた。

「ほら、ご覧なさい。ちゃんと家のことをしないから、愛想を尽かされたのよ。いつも言っていたでしょう？　男は胃袋をつかんでおきなさい、と」

母親が意地でも料理を作ろうとしなかったのは、そんな祖母に反発してのことだったのかもしれない。

ぼんやりと庭石を見つめていると、少し遅れて、母親がやって来た。

黒真珠のネックレス、美容院でセットしてきたらしき髪型、念入りなメイクを目にして、ああ、このひとは変わっていないな……とミキは思った。

死者を悼《いた》む気持ちよりも、まず自分が美しく見えるかどうかに、母親の関心は向いているようだ。

だが、そんな母親の心情を理解できてしまう自分もまた、非難できるような人格の持ち主ではないということを、ミキは自覚している。

祖母の死を知らされたとき、高校を卒業していたミキは、学生服が使えないから面倒だ、と思ったのだった。悲しみに打ちひしがれているべき場面で、そんなことを考えていた自分の情の薄さは、あきらかにこの母親から遺伝した資質だ。

「また、太ったんじゃない?」

開口一番、母親はジュリアの容姿を批判した。

「黒は痩せて見えるっていうけれど、全然、効果ないわね。いったい、何キロあるのよ。若いんだからちょっとはダイエットしなさいよ、みっともない」

母親の顔立ちは、ミキとよく似ている。

華やかで、人目を引くタイプであり、その魅力はいまも衰えていない。

ミキが化粧と服装で性別を偽るのとおなじように、母親は化粧と服装で年齢をごまかしているのだ。

自分が若いころにどれほどたくさんの男性に言い寄られ、ちやほやされたかという話を、母親は何度も子供たちに聞かせた。

そして、ふたりの父親にあたる人物と結婚したことが、人生で最大の失敗だとも……。

両親が離婚をしたあと、父親がどうしているのか、ミキは知らない。

外面だけはよかったが、酔っぱらうたびに暴力をふるい、姉に怪我《けが》を負わせた相手になど、二度と会いたくなかった。

「相変わらず、愛想のない子ねえ。そんなだからだれからも相手にしてもらえないのよ」

うつむいたままのジュリアに、母親は辛辣《しんらつ》な言葉を浴びせかける。

母親の前で、ジュリアはほとんどしゃべることがない。

これまでの経験から、どんなに言葉を尽くしても、自分の思いが相手に伝わることはないと悟っているのだろう。

下手に口答えでもしようものなら、母親はその何倍もの言葉の矢を返す。相手が子供であろうとも、自分の意に添わなければ容赦《ようしゃ》なく罵倒《ばとう》する。それがわかっているから、ジュリアはなにも言わないのだ。

「母さん、これ、お供えの花だけど……」

ミキは白い菊の花束を、母親に差しだす。

花屋で買ったのはジュリアだったが、本人は花束を持つことを嫌がり、ミキが持たされていた。

「ここであたしに渡されても困るわよ」

母親はそれを一瞥《いちべつ》しただけで、受け取ろうとはしない。

そんな母親の仕打ちに、いまさら傷つくこともなく、ミキは自分で若い住職に花束を渡して、供えてもらうことにした。

「ほかのひとは？」

ミキがたずねると、母親は首を横に振った。

「結局、叔父《おじ》さんは来ないことになったわ。外出できない状態なんだって。あっちも、もう長くはなさそうね」

祖母の弟はまだ存命で、葬式には出席したが、その後、体調が思わしくないらしい。

法要は、本堂での読経《どきょう》だけで終わりだった。

母親はもっとも安いプランを選択したのだろうな、とミキは考えた。

門を出たところで、騒がしい一団とすれちがった。

小学生くらいの子供たちが数人、楽しげな声で笑っている。その様子をあたたかなまなざしで見つめる大人たち。赤ん坊を抱いた母親……。

子供のときに参加した法事では、大勢のひとが集まって会食をしていた記憶があった。だが、祖母と年齢の近い親戚の多くはすでに亡くなり、若い世代である姉や自分は新しく家族を増やすこともなく、人数は減るばかりだ。

そもそも、両親が離婚をしたとき、強制的に、親戚を半減させられた。

少しでも嫌なことがあれば、すぐに関係を断ち切ってしまう。母親のそんな生き方のせいで、父方の祖父母や従兄弟《いとこ》たちとも会うことができなくなったのだ。

タクシーに乗りこむと、母親がたずねた。

「うちには寄らないんでしょう?」

「うん、新幹線の時間もあるし」

車窓を流れる風景を見ながら、ミキは答える。

実家はここから車で二十分ほどのところにあるが、わざわざ行くつもりはなかった。

子供時代を過ごした部屋には、いま、母親の恋人である見知らぬ男が住んでいるらしい。

「三回忌は、やらないことにしたから」

母親の言葉に、ミキは特になんの感慨もなく、うなずく。

「わかった」

「あんたたちだって、いちいち来るの、面倒でしょ」

言い訳するように、母親はつけ加えた。

「こういうのって、この世に残された者の心の整理のためにやるわけじゃない？　娘であるあたしがいいって言うんだから、向こうだって文句はないはずよ」

そのほうが合理的かもしれない……と思ってしまう面があるので、ミキは母親のことを軽蔑《けいべつ》はしても、心の底から嫌いにはなれない。

母親に良識がないおかげで、しきたりに縛られることもないのだ。

なにがあっても血を絶やすな、墓を守れと強く求められても、さぞかし鬱陶《うっとう》しいことだろう。どこかのだれかと、比べられるものではない。どちらにしろ、ミキにとってはこの母親しかいないのだから。

駅前でタクシーを降りたあと、母親は言った。

「せっかく来たんだから、お寿司《すし》でもおごってあげるわよ」

ミキはジュリアのほうをうかがう。

どうする？

無言で問いかけると、姉はこくりとうなずいた。

母親には欠落している一般常識や分別が、なぜか、ジュリアにはしっかりと植えつけられている。

本音では目の前にいる相手と食事になど行きたくはないだろうに、「親は大切にするべきだ」「法事では会食をするものだ」といった社会通念に従わなければならないと考えているのだ。

ジュリアは全身を強張《こわば》らせ、貝のように口を閉ざしていた。

顔は青ざめており、過度のストレス状態にあることが明白だ。

無理をしなくてもいいのに……。

ミキは思うのだが、ジュリアは自己中心的になることができないのだろう。

ジュリアの性格は、どちらかといえば祖母に似ている。祖母と母親の生き方が相容れないものであったように、ジュリアと母親も相性が悪い。

離婚したあと、母親は夜の仕事をはじめた。夕方になると出かけて、翌朝に帰ってきた。昼間は眠っていたり、だらだらと過ごしていたりすることが多かった。時折、見知らぬ男性が家にやって来た。そんな母親に対して、ミキには生活のために働いてくれているのだから仕方ないという気持ちがあった。家事を放棄しているのも、あきらめるしかないと思っていた。だが、潔癖なところのあるジュリアには、どうしても母親のだらしなさが許せないようだった。

ミキはそれほど多く、母親に期待していない。

だが、ジュリアは母親という存在に高い理想を持っており、それゆえ苦しんでいるのかもしれない。

駅ビルの寿司屋に入ると、店員の威勢のいい声が響いた。

カウンターではなく、奥の座敷に案内される。母親は「特上」を三人前と、瓶ビールを注文した。

「いつも廻《まわ》る寿司だったのに、こういうところに来るなんて、あんたたちも大人になったって感じじゃない？」

グラスは三つあったが、母親は自分の分にだけビールを注ぐ。

「あんたたちはお茶でいいでしょ？　はい、カンパーイ」

ビールの入ったグラスを軽くかかげて、母親はそれを口に運んだ。

間もなく、寿司も運ばれてきた。

寿司下駄の上には、大トロ、マグロ、車海老《くるまえび》、イクラ、鯛《たい》、赤貝、サーモン、卵焼きが並べられているのだが、食欲はなかった。焼香のにおいが、まだ身に染みついているようだ。

てらりと赤いマグロに、ミキは箸を伸ばす。

となりで、ジュリアがちいさく「うっ……」とうめいた。

苦しげな顔で、吐き気をこらえるように、口元を押さえている。

「これ、本当にサーモンなのかしら」

母親は寿司を咀嚼《そしゃく》しながら、眉をひそめてつぶやく。

「最近、多いじゃない？　偽装とか。これも、本物の鯛かどうか怪しいものよね」

白身だけをぺらりと箸でつまんで、母親は鼻に近づけ、ひくひくとにおいをかいだ。

鼻の穴が開いたりすぼんだりする動きを見て、さらに食欲が減退する。

食べなければ、食事は終わらない。この場から離れることもできない。だから、さっさと食べてしまおう。

緑茶で流しこむようにして、マグロを嚥下《えんか》する。

出されたものは全部、食べましょう。

祖母に、そう躾けられた。

その祖母の一周忌なのだ。

ジュリアも苦行のように、寿司を口につめこんでいた。

「あたしが子供のときなんて、絶対に、好き嫌いは許してもらえなかったのよね。あのひと、食事に対してはノイローゼみたいに厳しかったから」

そう言う母親の寿司下駄には、シャリだけが三つ分、残っていた。

母親は昔から、寿司のネタをつまみにビールを飲んで、シャリを食べないことが多かった。子供のころはなんとも思わなかったが、いまは食べ残しがとても汚く見える。あの料理教室のひとたちは、絶対にこんなことをしないだろう。料理教室に通って、家族以外のひとたちと食卓を囲むうちに、母親のふるまいのおかしさに気づくようになっていた。

「あんたたちは、幸せよね。自由にのびのび育ててもらって。あたしに感謝しなさいよ」

そう言うと、母親は煙草《たばこ》を取りだして、火をつけた。

「値段のわりに、たいしたことなかったわね」

会計をして、店から出ると、母親は財布を閉じながら言った。

「せっかく奮発して、特上にしたのに」

それから、改札まで来て、ふたりを見送る。

「じゃあね、体に気をつけるのよ」

最後に母親らしいことを言って、手を振ってみせる。

となりから、ギチチチッと奇妙な音が響いた。

なにかを必死で我慢するように、ジュリアは顔面蒼白《そうはく》になりながら、奥歯を噛《か》みしめている。

電車に乗ったあとも、ジュリアはなにも言わなかった。

ただ、時折、歯ぎしりの音だけが響く。

母親の言動のひとつひとつが、ボディブローのように効いていた。

ローカル線に揺られているあいだ、ずっと、ジュリアは苦しげに顔を歪《ゆが》めて、脂汗を浮かべていた。そんなジュリアを見ているのが、とてもつらかった。

新幹線は、西へ西へと、進んでいく。迷いのない速度が心地よい。

早く京都に帰りたい。

ミキは切実にそう思った。

4

ジュリアは無言のまま、アパートの近くにあるコンビニエンスストアへ吸い寄せられるように入っていった。

プラスチック製の買い物かごを腕に下げ、ぐるりと左回りで店内を歩く。スナック菓子が並んでいる棚の前に立つと、ジュリアの手が袋へと伸びる。次々にスナック菓子の袋をかごに放りこんでいく。ポテトチップス、クッキー、煎餅《せんべい》、チョコレート……。

選んでいる様子はない。吟味をしない。なにが欲しいのか、ジュリアにもわかっていないのだろう。ただ、食べることができるものを、片っ端からつかんでいく。

いつものことだ。

実家にいたころから、もう何度も、繰り返されてきた行為。

ネガティブな感情が溜まり、限界に達すると、それを発散するため、ジュリアは過食に走る。

空虚感を埋めるように、口から絶えず食べ物をつめこむ。

それがジュリアにとって、感情を処理する方法なのだ。

異常なほど食べることで、心のバランスを保っている。

過食を行うすがたを、ジュリアはだれにも見せない。手負いの獣が身を潜めるように、ひとり暗い部屋に閉じこもり、ひたすら咀嚼をつづける。パッケージを破る音や硬いものを嚙み砕く音が、ふすま越しに聞こえてくることがあるが、ミキが目にすることができるのは残骸《ざんがい》だけだ。ビニール袋いっぱいにつめこまれた食べ物は、翌朝には、ゴミに変わっている。

どんなに食べても、満たされない。

だが、食べずにはいられない。

一連の行為を終えたあと、ジュリアは常に後悔に苛《さいな》まれているようだった。

ジュリアが苦しんでいることはわかっていたが、ミキにはどうすることもできなかった。

でも、いまは……。

ジュリアは冷蔵コーナーの前に立ち、装飾過剰なネーミングのプリンに手を伸ばそうとする。

気がつくと、ミキの手は、ジュリアの腕をつかんでいた。

「それくらいにして」

わずかに驚いたような表情が、ジュリアの顔に浮かぶ。

「嫌なんだよ」

自分の気持ちを、ミキは素直に口に出した。

「姉ちゃんに、変なもの、食べてほしくないんだ」

放っておけば、ジュリアは全種類のプリンやヨーグルトをかごに入れ、容器ごと電子レンジであたためることができるパスタや弁当も買って帰るだろう。

「……ごめんね」

ジュリアは恥じ入るように小声でつぶやく。

「いや、いいんだけどさ」

ミキはこれまで一度だって、ジュリアの行為を止めたことはなかった。

常軌を逸した姉のすがたにも、そのままでいいよ、と言うのが愛だと思っていた。

けれど……。

ジュリアの持っているかごの中身を見て、本気で、心配になったのだ。

ジャンクフード。高カロリーで、糖分過多、高塩分。栄養に偏りのある食べ物。

それをこんなに大量に食べて、体に負担がかからないわけがない。

結局、ジュリアはそれ以上の食品は買わずに、コンビニエンスストアをあとにした。

アパートに戻ると、ジュリアは自分の部屋に入っていこうとした。

ジュリアの持っている白いビニール袋は、スナック菓子の類《たぐ》いでぱんぱんにふくれている。

料理教室に通っていなかったころなら、姉が部屋に引きこもるのを見送るしかなかった。

だが、いまはちがう。

「待って。なんか、作るから」

ジュリアにそう声をかけながら、ミキは考える。

なにを作ろう？　材料はどんなものが残っていただろうか。

「着替えたら、手伝って」

ジュリアは返事をしなかった。だが、しばらくすると、スウェットの上下に着替え、台所へとすがたを見せた。

ミキも黒いスーツを脱いで、部屋着になり、エプロンをつける。

冷蔵庫をのぞいてみたが、ほとんどなにも入っていなかった。野菜も肉もない。遠出をするため、片づけてから出かけたのだ。だが、食器棚には、乾物がいくつかあった。

いつも料理教室で使っているメモ帳を取りだして、ミキはめくっていく。

愛子先生から教わったことの数々が、ここには記されていた。

「うん、これだ」

メモ帳を見ながらつぶやくと、ミキはすり鉢を棚から持ってきた。

深くて大きなすり鉢。外側には茶色い釉薬《ゆうやく》がかかっている。

愛子先生から以前、すり鉢は傾斜がきつく深めのものが中身がこぼれにくいのでおすすめだ、と教わった。そのアドバイスに従って、昔ながらの荒物屋で購入した。

すり鉢のなかに、一袋分の炒《い》り胡麻をざらざらと流し入れる。

「……するの？」

小首をかしげたジュリアに、ミキはうなずき、すりこぎを差しだす。

「疲れたら言って。交代するから」

すりこぎは、山椒《さんしょう》の木で作られたものだ。しっかりとした握り心地はいかにも堅牢《けんろう》そうで、凸凹《でこぼこ》とした木肌には愛嬌《あいきょう》がある。

ジュリアはすりこぎを握ると、円を描くようにして、胡麻をすりはじめる。

そのあいだに、ミキはもう一度、メモ帳を読みこんで、手順を確認していく。

ごりごり、ごりごり、ごりごり……。

胡麻の皮が破れて、香ばしい匂いが広がる。

「ふつうさあ……」

ぐるぐるとリズミカルにすりこぎを動かしながら、ジュリアはぽつりとつぶやいた。

「乾杯、はないよね？」

視線はすり鉢のなかに落としたまま、ジュリアは言う。

「だって、法事だよ？　お祖母ちゃんの一周忌なんだよ？　なのに、なんで、わざわざ、カンパーイとか口に出しちゃうわけ？　言うなら、献杯でしょ？　ああいうときに、乾杯とか、ありえないって」

溜まっていたものを吐きだすように、ジュリアは一気にまくしたてる。

「だいたいさ、お寿司っていう時点で、どうかと思うのよ。肉とか魚とか殺生したものって、法事のときには避けるべきなんじゃないの？　生臭《なまぐさ》ものなんだから。それに、お寿司屋さんで煙草を吸うのも信じらんない！　あのひとに常識とか求めるのが間違いなのかもしれないけれど！」

言いながら、力いっぱいにぐりぐりとすりこぎを押しつけ、胡麻をすりつぶす。

ジュリアが胡麻をする横で、ミキは汁物を作ることにした。

昆布、干し椎茸、切り干し大根、湯葉を使って、素朴《そぼく》な味わいのスープを仕込んでいく。

「だからさ、作ってるんだよ。精進《しょうじん》料理」

ミキが言うと、ジュリアは顔をあげた。

「それじゃ、この胡麻って……」

「胡麻豆腐。料理教室で教わったやり方で、超本格派のやつ作るから」

ジュリアの顔が、うれしそうにほころんだ。

「わあ、おいしそう」

「そのためには、しっかり、すってもらわないと」

「うん、頑張る」

ジュリアは両手ですりこぎを握るようにして、勢いよくまわしていく。

「あのひとがさ、全然、料理を作らなかったから、こういう道具も、うちにはなかったよね」

腕を動かしながら、ジュリアは口を開いた。

「あたし、調理実習のとき、いつも、恥ずかしかったよ。ふつうは、料理のことなんて自然に身についているものじゃない？　でも、あたしは親のお手伝いとかしたことなくて、ものの名前も知らないし、見たこともないし……」

すり鉢のなかでは、胡麻の粒がどんどんすりつぶされていく。

「そういえば、姉ちゃんが家庭科で習った肉じゃが、家でも作ってくれたことあったよな。かなり、おいしかった記憶がある」

「あれ、宿題だったんだよね。おうちのひとに感想を聞きましょう、っていう。でも、あのひと、ものすごく不機嫌になったんだよね。ほんと、わけわかんない……」

母親は自分で料理を作らないだけでなく、台所に立つという行為自体を憎んでいるようだった。

「家庭料理っていうのが、なにかの象徴みたいなものなんだろうな。そこに組みこまれたくなくて、必死だったんだよ」

子供にとっては、迷惑な話だ。

「ばかみたい……。あのひとのこと、いちいち、気にしていても、仕方ないよね」

「そうそう。いまはこうして、おいしいものを作れるようになったんだから」

すり鉢の胡麻は、かなり細かくなっていた。

はじめは濁《にご》っていた音が、やわらかで軽い音に変わってくる。

すりすり、すりすり……。

「腕がだるくなってきた……」

ジュリアが肩の凝《こ》りをほぐすように、腕をまわす。

「結構、いい運動になるね」

「貸して。代わるよ」

ミキは手を出して、ジュリアからすりこぎを受け取る。

「あとさ、こういうやり方も教わった」

ミキは左手のまんなかですりこぎの頭を押さえるようにすると、右手で下のほうを握って、小刻みにまわしていく。

ミキがすりこぎを使っているあいだ、ジュリアは少し休憩だ。

胡麻からは油が出て、ねっとりとしてきた。

「これくらいかな」

粘度を増して、すり鉢にべったりと張りついた胡麻に、少しずつ水を加えて、溶いていく。

水と胡麻をしっかりと混ぜ合わせたら、布でこして、鍋に移す。

鍋に、胡麻と同量の吉野《よしの》葛《くず》を加える。葛が溶け残っていると口当たりが悪くなるので、乳白色の液体のなかで、丹念に砕いていく。

強火にかけて、木べらで根気よく混ぜる。

くるくると混ぜていると、突然、木べらが重くなる。

葛が固まりはじめたのだ。

弱火にして、さらに木べらでぐるぐると混ぜながら、好みの固さになるよう調整する。

粗熱《あらねつ》が取れたら、型に流しこみ、氷水で冷やし固める。

ほどよく冷えたところで、型から外すと、つるんっと胡麻豆腐は皿に滑り落ちた。

「すごーい」

ジュリアがぱちぱちと手を叩く。

「はい、どうぞ」

切り分けて、小皿に入れると、ジュリアに差しだす。

「いただきます」

大きな口を開けて、ジュリアは胡麻豆腐を食べた。

「うん、おいしい！」

「だろ？　半分は、姉ちゃんの手柄。やっぱ、手間ひまかけると、ちがうよな」

満足げにうなずくと、ミキも自分の分の胡麻豆腐を口に運んだ。

なめらかな舌触りで、胡麻の風味も絶妙だ。

愛子先生から、伝えられた味。
それを完璧に、再現できていた。
料理が作れるということ。
自分の食べるものを、自分でこしらえる。
そのことが、こんなにも精神を安定させるなんて、知らなかった。
たしかに、子供のときに親からもらえなかったものは、あるかもしれない。
でも、それをほかのひとから受け取ることだって、できるのだ。
自分で自分を幸せにできるという、愛子先生の言葉を思いだす。
そのために、いま、ふたりで料理を作った。
「スープもあるから」
「わあい、ありがと」
乾物のうまみを凝縮したスープを器によそって、ジュリアに渡す。
愛子先生から教わった料理は、自分たちを支える芯《しん》のようなものだ。
正しく食べていれば、正しく生きていけるだろう。
滋味たっぷりのスープを飲みながら、ミキは揺るがない気持ちでそう思った。

第四話

日常茶飯

1

「やっぱり、佐伯《さえき》さんくらいの年代のひとって、『おい、お茶』とか言ったりするんですか？」

聖護院《しょうごいん》かぶらをすりおろしていると、ミキからそんな質問をされた。

師走《しわす》に入って、なんとなしに気ぜわしい土曜日の夜。

いつものように愛子《あいこ》先生の料理教室に来て、佐伯はかぶらの皮をむいていた。春から通いはじめて、もう八カ月にもなるので、包丁を扱う手つきもさまになってきた。

この時間、佐伯の妻は、茶道の稽古に行っている。

妻が茶道をはじめて何年になるのか、佐伯はよく覚えていなかったが、かなりつづいているような気がした。もとは平日の昼間に通っていたようだが、より上のランクの免状を取得するため、土曜日に行われる研究会にも参加する必要があるのだという。

料理教室では教わった料理を試食するので、妻は佐伯のためにわざわざ夕飯を作り置きしておく必要がない。佐伯は夕飯がないならないで、外食をしてもかまわないと言ったのだが、妻に「たまには仕事以外のひとたちと話したりするんもええ気分転換になると思いますよ。私も習い事に行かせてもろうてるんやから、そのあいだ、あなたも習い事に行ってくださいな」とよくわからない理屈で、強引に押し切られてしまった。

おなじ関西でも、佐伯は大阪の出身で、妻は京女だ。

妻はしとやかで表立って夫に楯突《たてつ》くような真似《まね》はしないのだが、どうも、気がつくとうまく言いくるめられていることが多い。

佐伯はすりおろしたかぶらをざるにあげ、水気を切った。

作っているのは、ぐじのかぶら蒸しだ。

ぐじとは甘鯛《あまだい》のことで、上品な甘みがあり、やわらかな肉質は蒸しものに適している。

佐伯がミキの質問に答えずにいると、愛子先生がふんわりと笑みを浮かべた。

「ミキさんは、結婚生活に興味津々ですね。夫婦のかたちは、ほんまにいろいろですよ」

「はい、後学のために知っておきたいんです」

そう言って、ミキはうなずく。

「愛子先生のことも、気になります。愛子先生はご結婚しているんですよね？　旦那《だんな》様はいま、どうされているんですか?」

愛子先生は穏やかに微笑《ほほえ》んだまま、さらりと答える。

「草葉の陰《かげ》から見守ってくれていると思いますよ」

それを聞いて、ミキの顔には、しまった、というような表情が浮かんだ。

ほう、草葉の陰の意味は知っているのか、と佐伯は思う。

ミキは決して無教養というわけではない。知性の高さをうかがわせるときもあるのに、ふつうに暮らしていれば身につくであろうものが時折すっぽり抜け落ちていたりするのが、佐伯には不思議だった。

半年以上も通っていれば、ここにほかの家族の気配はなく、愛子先生にはなにか事情がありそうなことにも気づきそうなものだが……。

「そうなんですか、すみません。変なこと聞いちゃって」

しゅんとしたミキの横で、ヴィンセントが口を開く。

「日本語では、結婚している女性のことを意味する言葉がたくさんあって、難しいな。妻、嫁、奥さん、かみさん」

いちいち指を折りながら、ヴィンセントは言った。

「フランス語では、結婚相手のことは、なんていうんですか?」

すぐに立ち直ったように、ミキが顔をあげて、質問をする。

「マ・ファム。直訳すると、私の女、になるのだろうか。日本語を勉強していたときには、家内という言葉を覚えたが、あまり使わないようだな」

「子供がいると、『お母さん』って呼ぶ場合もありますよね」

百合根《ゆりね》をむいていた智久《ともひさ》が、会話に入ってきた。

「うちの父が、夫婦喧嘩《げんか》をしているときに母に『お母さん』って呼びかけて、『私はあなたのお母さんじゃありません』と怒られていました」

「それ、結構、嫌がるひとが多いですよね」

ミキの言葉に、ヴィンセントもうなずく。

「あれはややこしい。混乱した。日本では、家族のうちでもっとも年の若い者を基準にして呼び方を考えるという法則を知って、ようやく理解できた」

話しながらも、ヴィンセントはあっというまに、卵白を泡立てた。

「さすが、ヴィンセントさん。メレンゲを作るのは、お手のものですね」

にこやかな笑みを浮かべて、愛子先生は生徒たちを見まわす。

「ミキさんのほうは、焦らへんでええですよ。卵白には塩を少々加えて、泡立ててください。卵白を泡立てるときには、ボウルや泡立て器に水や油がついていると泡立ちにくいので、気ぃつけてくださいね。卵を常温に戻しておくのもコツです」

愛子先生はそれぞれの作業の進み具合を確認して、蒸し器の用意をした。

「卵白が角《つの》が立つくらいになったら、水気を切ったかぶらを入れて、ざっくり混ぜ合わせてください」

ミキが卵白を泡立てるあいだに、佐伯は甘鯛としめじと百合根を容器に入れていく。

かちゃかちゃとリズミカルに泡立て器を使いながら、ミキはまた佐伯に話しかけてきた。

「それで、佐伯さんは、たまには奥さんのことを名前で呼んだりするんですか？」

まだ、その話題をつづける気らしい。

「奥さんの名前は、なんておっしゃるんですか？」

ミキの言葉に、佐伯は胸のうちで、それを思い浮かべる。

歌子《うたこ》。

佐伯の妻の名前は、歌子といった。

だが、その名前をいまここで、口に出す気になれなかった。

佐伯にとって、妻は「妻」だ。

他人に話すときには「嫁はん」と言うことが多く、本人に対しても名前で呼びかけることなどほとんどない。いまさら、改めて名前を口にするのは照れがあった。

それに、不用意に自分の妻の名前を他人に知られたくないという複雑な男心も加わり、自分でも意外なほど、佐伯は頑《かたく》なに答えることを拒否したのだった。

「ええやないか。うちのことは……」

「そう言わず、教えてくださいよ」

会話を切りあげようとしているのに、ミキは食い下がってくる。

ほんまに、最近の若い女の子は、図々しいというか、積極的というか、慎みというものを知らんな……と、佐伯は内心で独り言《ご》ちた。

ミキとはじめて料理教室で顔を合わせたときのことは、よく覚えていた。土曜日は男性限定の教室だと知って、ミキは驚きを隠せないようだった。それでも、土曜日のこの時間帯しか都合がつかないらしく、ミキはそのまま通っている。

「ミキさん、もうあと一息ですよ」

愛子先生に声をかけられ、ミキは泡立て器を持った右手をあわただしく動かす。

「こんな感じですか?」

半透明でどろりとしていた卵白が、艶《つや》やかで真っ白な泡に変わっていた。

「かなり、ふんわりしてきましたね。そろそろ、ええ頃合いやと思いますよ」

泡立て器ですくいあげると、中央で卵白がぴんっと立つ。

それを見て、ミキはうれしそうな声をあげた。

「わあ、本当に、角が立つんですね。おもしろーい！」

ミキの反応はいちいち大げさだが、それによって場が明るくなっていることも事実だ。

「卵白とかぶらをさっくりと混ぜ合わせたら、器に入れてくださいね。中火で十分から十五分ほど蒸していきます」

「はい、愛子先生、質問です」

ミキが勢いよく片手をあげた。

「かぶらって、かぶとは、ちがうんですか？」

「おんなじものですよ。かぶらというんが古くからの呼び方で、それが『かぶ』と省略されたんやと思います」

愛子先生の言葉につづいて、ヴィンセントも口を開いた。

「日本には、大根役者という言葉があるだろう？　フランスでは下手な俳優や歌手は、かぶに喩《たと》えるのだ」

「なんとなく、共通するイメージなんですかね」

甘鯛に塩を振りながら、智久が言う。

「かぶには『すずな』という言い方もありますよね。春の七草で覚えました」

愛子先生がにっこりと笑ってうなずいた。

「よう知ってはりますね。そうそう、七草粥《がゆ》のすずなも、かぶです」

すると、ミキはぐっと身を乗りだした。

「前に、秋の七草を教えてもらいましたよね。春のほうも教えてください」

「せり、なずな、ごぎょう、はこべら、ほとけのざ、すずな、すずしろ、これぞ七草」

歌うように節をつけて、愛子先生は春の七草をそらんじた。

「せり、なずな……」

真剣な顔でうなずきながらメモを取るミキのすがたに、佐伯はふっと頬《ほお》をゆるませた。

料理の作り方でも、雑談においても、ミキはいろんなことを知りたがる。

個人的なことを質問されるのには閉口するが、傍《はた》で見ている分には、その熱心さは微笑ましくもあった。

かぶらを蒸しているあいだに、佐伯はあんを作っていく。昆布で出汁《だし》を取り、酒とみりんと醬油《しょうゆ》を加え、葛《くず》を入れて、とろみをつける。

蒸しあがったら、上からあんをかけて、おろしわさびをのせると、できあがりだ。

今日のメニューは、かぶら蒸しのほかに、ひじき入り飛竜頭《ひりょうず》、ずいきの酢の物、金時豆の甘煮だ。

酢の物はすでに和《あ》えてあり、金時豆も火を止めて、味を含ませている。

「ほんなら、最後に飛竜頭を揚げていきましょう。菜箸《さいばし》を油のなかに入れて、泡の出る様子から、温度をたしかめることができます」

愛子先生は菜箸を油に入れながら、説明した。

「こんなふうに細かい泡がぽつぽつと出てくるくらいが、焦げずにじっくり火を通すことができますよ。油がはねないように、気ぃつけてくださいね。少し低めの温度で、じっくりときつね色になるまで待ちます」

飛竜頭といえば豆腐屋で買うものだと思っていたので、こんなに簡単に作れてしまうのかと、佐伯は驚いた。

「わあ、おいしそう」

胸の前で両手を組み合わせ、ミキがうっとりした声を出す。

「関東では『がんもどき』って言いますよね。こんなふうに手作りできちゃうなんて感動です」

「卵を入れなくても作れますけれど、今日は卵黄を使うことで、かぶら蒸しに使った卵白の残りを余らせないお献立になっているんですよ」

揚げたての飛竜頭は香ばしく、酒の肴《さかな》にぴったりだ。

冷めないうちに盛りつけて、さっそく、卓袱台《ちゃぶだい》を囲む。

「そういえば、来週はクリスマス・イブですね」

ミキの言葉に、智久が動揺したように咳きこんだ。

「どうしたんですか、真渕《まぶち》さん。なにか気に障《さわ》るようなことを言いました？」

「いえ、なんでもないです……」

「彼女さんとのあいだがうまくいっているそうですから、今年のクリスマスはウキウキなんじゃないですか？」

「いや、なんだか忙しいらしく、断られてしまって……」

気落ちした様子の智久に、ミキは同情するような声をあげる。

「そうなんですか。残念ですね。つきあいはじめて最初のクリスマス・イブだというのにデートもできないなんて、かなりやばいじゃないですか」

すると、ヴィンセントも仰々しく目を見開いた。

「それは大問題だぞ。イブの夜をいっしょに過ごすということは、女性にとっては特に重要なことらしいからな。以前の職場で働いていたときには、クリスマスに休めたことなどなかった。それが原因で、これまでの恋人はみんな不機嫌になったものだ」

「パティシエにとってはクリスマスなんて書き入れどきですもんね」

ミキが言うと、ヴィンセントは大きくうなずく。

「来週はさすがに料理教室に来ることもできないな。まあ、いまの店ではクリスマスであろうとも、作り置きはせず、売り切れたらおしまいだから、これまでに比べるとずいぶんと落ちついて十二月が過ごせているのだが」

「ちなみに、これまでの恋人、ということは、ヴィンセントさんがいまおつきあいしている方はちがうんですか？」

ヴィンセントのなにげない一言を、ミキは聞き逃さなかったようだ。

「ああ、自立した女性で、彼女のほうが仕事熱心なくらいだ。お互いに忙しいからこそ、共に過ごす時間が貴重で、燃えあがるというものだな」

まったく照れる様子はなく、ヴィンセントは答える。

「わあ、ごちそうさまです」

ミキは茶化すように合いの手を入れたあと、首をかしげて、智久のほうを見た。

「それにしても、真渕さんの彼女さん、気になりますね。恋人とのデートよりも大切なクリスマスの用事って、なんなのでしょう」

「毎年、クリスマスのころは、仕事が終わったあとに、ボランティアで児童養護施設に行って、絵本や紙芝居を読んだりしているらしくて」

「素晴らしいひとですね」

「そうなんですよ。それで、クリスマスは会えないかわりに、正月休みには旅行に行きましょうって話にはなっているんですが……」

「なんですか、それ。めっちゃ順調に進んでいるってことですね。心配して、損しました」

あからさまに冷ややかな口調で言うと、ミキは佐伯のほうを見る。

「佐伯さんは、奥様にちゃんとクリスマスプレゼントを用意してますか？」

またしても、ミキは佐伯に妻の話題を振ってきた。

「いや、そんなん一度もしたことないわ」

「えー、ひどーい。でも、奥様から料理教室に通うように言われて、ちゃんとそうしてあげるところとかは、佐伯さんっていい旦那さんですよね。教室で習った料理を、おうちで作ってあげたりもするんですか？」

論旨が見えず、佐伯は困惑する。

一体、この子はなにが訊《き》きたいのだろうか……。

「いや、作るのは、ここでだけや。ちょうど、土曜の晩に、妻が出かけるからっていうんで、ここに通うことになったからな。夕飯がないから、ここで作って食べてるというわけや」

「ああ、そうなんですね。奥様、なんのご用事なんですか?」

「お茶の稽古やけど、なんで、そないにうちのことを気にするんや?」

今度はこちらから質問をすると、ミキは照れ隠しのような笑いを浮かべた。

「うちの両親は離婚しているので、年齢を重ねても仲のいい夫婦ってどんな感じなのかなあって気になるんですよ」

屈託のない声でミキは言う。

「ほら、最近、熟年離婚とかも多いじゃないですか。仕事にかまけて、家のことをまったくしてこなかった旦那さんが、いきなり離婚届を突きつけられて、あわてたり……。前に、佐伯さんのところも今年はおせちを作らないなんて話を聞いたから、ちょっと心配になっちゃって。でも、佐伯さんはだいじょうぶですよね。料理教室に通っているおかげで、奥様から離婚を切りだされても、困らないというか」

すると、智久が苦笑しながら、ミキのほうを見た。

「いやいや、ミキさん。それだと、まるで、奥様が離婚をするための布石として、佐伯さんを料理教室に通わせたみたいに聞こえますよ」

「え、そうですか？　すみません」

ミキはわざとらしく肩をすくめると、金時豆を箸でつまみ、口へと運ぶ。

「奥様はそんな目的で、佐伯さんに料理教室に通うように言ったわけじゃないですよね、たぶん。むしろ、料理ができるようになって、家事を手伝ってほしいとか、主婦という仕事の大変さをわかってほしいとか、そういう気持ちですよね」

ミキに言われ、佐伯は改めて、妻の言動について考えた。

料理教室の話を切りだしたとき、妻の態度には有無を言わせぬものがあった。

これまで頼みごとなどしたことのなかった妻が、折り入ってお願いがあるというのだから、どんなことを聞かされるのかと思えば、料理教室に通ってほしいとは……。愛子先生の料理教室を見つけてきたのも、妻だった。男性の生徒ばかりのクラスだからと説得され、申しこみも月謝のことなどもすべて妻が手配して、あれよあれよというまに通うことになっていた。

はじめは戸惑ったものの、よもや、そのような思惑があろうとは考えもしなかった。

妻が、離婚を考えている……？

その可能性に思い至ったとき、佐伯の脳裏に、あるものが思い浮かんだ。

クリーム色をした古いボストンバッグ。

妻が独身時代に使っていて、久しく見かけることがなかったもの。長いあいだどこかに仕舞われていたはずのボストンバッグが、引っ張りだされ、クローゼットの片隅に置かれているのを見つけたのだ。

旅行の予定なんてなかったはずだ。

一カ月ほど前に、そのボストンバッグを見つけて、佐伯は疑問に思ったのだが、妻にはなにも訊かなかった。

それ以降、特に気に留めてもいなかったのだが、いま、改めてボストンバッグの意味について考えてみる。

妻は家を出て行こうとしているのだろうか。

まさか、そんな……。

動揺を隠し切れずに、佐伯は顔をあげる。

視線は自然と、愛子先生のほうへと向けられていた。

穏やかな笑みを浮かべて、愛子先生はそのやりとりを聞いていた。

「相手を思いやる気持ちが、味につながります。奥様のお料理を味わっていれば、そこにこめられている気持ちも、わかるんやないですか？」

謎《なぞ》かけのような愛子先生の言葉に、佐伯はますます混乱するのだった。

2

クリスマスであっても、佐伯は特に意識をすることはなかった。

いつもと変わらずに、朝、起きると、まず仏壇に手を合わせる。

線香の細い煙のとなりでは、仏飯から湯気もあがっていた。妻は毎朝、炊きたてのご飯をお供えする。香や煙が、仏様の食べ物なのだと、いつか聞いたことがあった。

遺影では、岳父《がくふ》が生前と変わらぬ厳しい表情で、こちらを見つめている。

いまどきは妻の父親であっても「舅《しゅうと》」や「義父」と言うようだが、佐伯にとっては「岳父」と呼ぶのがふさわしいひとだった。高く険しく、仰ぎみて、挑むべき存在。

妻の家は代々つづく彫金師であり、岳父も根っからの職人だった。

一枚の金属板が、岳父の手にかかると素晴らしい作品へと変化した。さまざまな種類のたがねと金槌《かなづち》を使い分け、心地よい音を響かせているうちに、金属の表面に美しい草花や動物が彫りだされるさまは見事としか言いようがなかった。

佐伯は婿養子《むこようし》として、妻の家に入った。

家庭の事情で進学は叶《かな》わず、中学を卒業してすぐに大阪の機械部品工場に就職して、佐伯は旋盤工となった。鉄を削ったり切ったりしているうちに、伝統的な金属工芸品にも興味を持つようになり、独学で彫金技術を身につけた。そして、休日に美術展を巡ったり、古書を集めたりして、こつこつと作っていた錫《すず》製の花小皿が工芸展で入選を果たしたことをきっかけに、錫製品の製造販売会社へと転職することになったのだった。

デザインなどは決められた規格品ではあったが、変幻自在な錫を溶かし、固め、叩《たた》いて、酒器や茶器、皿、鉢などを一点ずつ手作りしていく仕事は性に合っていた。佐伯は武骨な外見に似合わず、大物加工よりも、緻密《ちみつ》で可憐《かれん》な細工を好んだ。

そんなある日、なにかにつけて面倒をみてくれていた上司から、ある人物と引き合わされることになった。

工芸展で審査員をしていた彫金師で、佐伯の上司とは旧知の仲らしかった。

食事をご馳走《ちそう》になったあと、こんなことを言われた。

「うちに来《き》いへんか?」

はじめは、仕事の誘いだと思った。

腕を見込まれて、弟子にしてもらえるのなら、願ってもない話だ。

しかし、つづいた言葉は、思いがけないものだった。

「娘をもろてほしいんや」

そうして、佐伯は見合いをすることになった。

妻となる女性を紹介されたとき、佐伯はまぶしいような気持ちで、まともに目を合わせることもできなかった。

楚々《そそ》とした風情ながらも、こぼれんばかりの美しさ。

わずかに微笑むだけで、圧倒的な輝きを放って、その場の雰囲気を一変させるような女性だった。

見合いの席では、佐伯にしては身なりに気を遣って、一張羅《いっちょうら》の背広を着ていたのだが、華やかな訪問着をまとった相手を見た瞬間、格のちがいを痛感した。

自分のような者は、このお嬢さんとは釣りあわない……。

それなのに、見合いのあとも断りを入れられることなく、縁談《えんだん》は進んだ。

妻は佐伯よりふたつ年上だった。当時としては晩婚とされる年齢であったので、先方にも焦る気持ちがあったのかもしれない。

結婚してしばらくは、妻の実家に住みながら錫器の会社に通っていたが、やがて、佐伯は岳父の仕事を手伝わせてもらえるようになった。

岳父は神社仏閣《ぶっかく》の錺《かざり》金具を作製するほか、芸術性の高い装飾品を作ったり、文化財の修復なども行っていた。卓越した腕を持ちながらも、研鑽《けんさん》を怠らず、まさに名人と呼ばれるのにふさわしい人物だった。

佐伯は、職人としても、ひとりの人間としても、岳父に惚《ほ》れこんでいた。

しかし、妻のことは、いまもって、よくわからない。

まだ親が子の結婚相手を決めることは珍しくなかった時代とはいえ、妻自身の気持ちはどんなものだったのだろうか……。

仏壇のロウソクの火を消すと、佐伯は立ちあがり、食卓に向かう。

かつては大きな座卓を囲んでいたが、数年前にリフォームをして、四人がけのダイニングテーブルを置くようになった。

すっかり朝食の準備はできており、佐伯が席につくと、妻は茶碗にご飯をよそった。

輝くような白いご飯に、豆腐の味噌汁《みそしる》、卵焼き、かぶら漬け、ちりめん山椒《さんしょう》。

いつもどおりの朝食が並んでいるが、昔のことを思いだしたせいか、新鮮な喜びが胸に湧《わ》きあがってくる。

毎朝、毎朝、変わらずに、朝食が出てくることのありがたさ……。

「なにしてはるのん?」

エプロンをはずしながら、妻が小首をかしげた。

「ぼーっとしてんと、はよ、食べよし」

妻にうながされ、佐伯は箸に手を伸ばす。

「ああ、うん」

佐伯が食べはじめると、ふっと笑みを浮かべて、妻も向かいに座る。

夫よりも先に食事に手をつけることはない。どんな場合でも、さりげなく夫を立てて、入り婿である佐伯に気まずい思いをさせることはなかった。

よくできた妻だ。気配り上手であり、しかも、着物で道を歩いていると通りすがりの観光客から写真を撮らせてほしいと頼まれることがあるほどの美人だった。

若いころは妻の美しさに気後れをする部分もあった。

一般的には加齢ゆえに妻の容貌が変化していくことを夫は嘆くものなのだろうが、佐伯は心のどこかでほっとしていた。

いまの妻は出会ったときと比べると、ずいぶんとふくよかになり、豊かだった黒髪も艶《つや》やかさが失われているが、すっかり馴染んだ存在になったという安心感がある。

妻に不満を感じたことなど、一度たりともなかった。

しかし、相手もおなじであるとは、限らないだろう。

味噌汁を一口飲んで、妻は軽く眉をひそめた。

「お味噌、入れすぎたかしら」

汁椀から顔をあげると、佐伯のほうを見て、妻は問いかける。

「ねえ、しょっぱくない？」

「いや……」

佐伯は言葉を濁《にご》す。

味のちがいがわからないわけではない。普段よりも味噌が濃いことには気づいていた。

しかし、あえて口には出さなかった。

食《く》いもんについてとやかく言うのはみっともない、というような意識が身のうちに染みついている。

貧しくて、ろくに食べられないときがあった。

うまいとか、まずいとか、そんなことを言っていられなかったのだ。

食べ物に対して、必死の思いを抱いていたからこそ、そこに羞恥《しゅうち》がある。

「ふたり分やのに、つい入れすぎちゃって……。卵焼きはどう？　いつもよりふわふわやと思わへん？」

「ようわからん」

「もう、作りがいがあらへんひとやね」

すねたような口調で言いつつも、妻の顔には笑みが浮かんでいた。

「隠し味に、マヨネーズが入ってるの。こないだ、お茶の友達に、教えてもろたんよ」

「へえ、そうなんか」

「愛想ないわぁ。料理教室に通うようになったら、ちょっとは興味持ってくれるか思うたのに」

料理教室の話が出たので、ミキと昨日の料理教室で話していたことを思いだす。

妻の様子は、いつもとおなじように見えた。

愛子先生は、味にこめられている気持ちがうんぬんと言っていたが、佐伯にはさっぱりわからない。

幾度となく繰り返されてきた日常の生活。たわいない会話。内心では離婚を考えているなんて、とても思えない。

「ふたりだけやと、お味噌もなかなか減らへんのよね」

どこかさみしそうに、妻はつぶやいた。

差し向かいで朝食をとりながら、佐伯はまた回想する。

結婚した当初は、妻の両親と同居であったのはもちろん、妻の妹も家にいた。

長男が生まれたころが、もっともにぎやかだった。長男が歩きだすようになると、妻の妹は神戸へと嫁いでいき、次男が生まれた。

岳父の技を自分のものにするべく仕事に打ちこんでいるうちに、長男は中学生になり、元号が昭和から平成に変わり、妻の両親が相次いで鬼籍に入った。岳父を喪《うしな》ったあと、佐伯はしばらく放心状態となった。茫然《ぼうぜん》としている佐伯の横で、妻は気丈に葬儀を取り仕切っていた。

親子四人の生活を数年したのち、長男が大学進学のため家を出た。京都の大学へ自宅から通っていた次男も、今年の春から社会人となり、巣立っていった。いま、長男は東京、次男はシンガポールで働いている。どちらも家の仕事を継ぐ気はないようだ。

兄弟のうちどちらかでも家業に興味を持ってくれたならば……という気持ちも、心の片隅になくはなかったが、結局、本人たちのやりたいようにさせるのが一番だと考えた。

子育ては妻に任せきりだった。妻のことを信頼しているからこそ、全権委任していたのだ。自分が岳父から仕事を学んでいるあいだ、家では妻が息子たちをしっかりと育ててくれていた。

妻と自分だけの生活というものは、よく考えてみると、はじめての経験だ。

ニューファミリーや核家族といった言葉がもてはやされたころには、そんな暮らしとは無縁だと思っていたのに、いつのまにやら、妻とふたりきりの暮らしになっていた。

これまでは、会話の主題といえば、子供たちのことだった。

下の息子が独立してしばらくは、ふたりだけの生活はぎこちなく、どこか気恥ずかしかった。

だが、静かな生活にも、段々と慣れていった。

子供たちがいたころとはちがって、会話らしい会話もなくなったが、意外とそんな暮らしも居心地がよかった。

「ご飯、おかわり、よそいましょうか?」

湯飲みにほうじ茶を注いで、妻は言う。

「いや、もうええ。ごちそうさん」

妻は岳父が四十近い年齢で生まれ、ずいぶんと大事にされて育ったようだ。からかい半分に「箱入り娘」と言われているのを何度も耳にした。後妻とのあいだに生まれた子だということだった。

妻と自分の過ごした子供時代は、まったくちがうものだったのだろう。

佐伯は「欠食児童」だった。

もはや死語となったような言葉だが、それ以上に自分の少年時代を言いあらわすのにぴったりなものを思いつかない。

空になった茶碗を見ながら、佐伯はいまの暮らしの幸福をしみじみと感じる。毎朝、好きなだけ白いご飯を食べる生活ができるなんて、子供のころには想像もつかなかった。

佐伯は、実の父親と折り合いが悪かった。

わがままで、横暴で、大人としての責任などまったく果たさず、どうしようもない父親だった。

ありていに言えば、佐伯の父親は「やさぐれていた」のだろう。

すねた子供のまま、体だけ大きくなったような人物だった。

屑鉄《くずてつ》を集めて日銭を稼ぎ、拾った煙草《たばこ》を吸い、ホルモン焼きが好物で、安酒でいつも顔を赤くしていた。機嫌が悪いと、怒鳴り散らして、暴力をふるうことも度々であった。機嫌が良いときなど滅多になかった。父親は戦災孤児として辛酸をなめながら育ったらしく、権力を持つ者への不信感、お上《かみ》や国といった存在への怨嗟《えんさ》が、その胸のうちには渦巻いているようだった。

子供のころの生活について、佐伯は妻に話したことはなかった。

知られたくない過去だ。

家計の大半は酒代に消え、子供のころの佐伯はいつも腹を空かせていた。

飢えをごまかすため、小学校の校庭にある水道の水を飲みすぎて、胃がちゃぷちゃぷと音を立てていた物悲しい記憶が残っている。経済成長の波に乗ることのできた父親を持つ同級生たちは舶来品《はくらいひん》のお菓子や文具などを手に入れては見せびらかしていたが、佐伯の父親は世間を恨むばかりで、暮らしはどん底だった。佐伯が中学に入ったころ、父親は深酒のせいで命を落とした。

実の父親に対して、佐伯は微塵《みじん》も尊敬の念を抱くことができなかった。

一方、岳父には職人ゆえの矜持《きょうじ》とたくましさがあった。

岳父との出会いによって、佐伯は進むべき道を得た。

少しでも岳父に近づけるよう、精進《しょうじん》を重ねてきた。

佐伯は顔をあげると、食後の茶を飲んで、息をついた。妻はいつもながら甲斐甲斐《かいがい》しく立ち働いている。

これまでずっと、岳父のほうばかり、見つめていた。

かたわらにいる妻には、あまり目を向けることがなかったかもしれない……。

3

妻が食器を洗いはじめると、佐伯は新聞を広げた。

水が流れていく音を聞きながら、記事に目を通していく。

「昼から、ちょっと出かけへんか?」

水の音が止まると、妻の後ろすがたに、佐伯は声をかけた。

すすぎ終わった食器を置いて、手を拭《ふ》きながら、妻は振り返る。

「出かけるって、どこに?」

「料理教室で知り合ったフランス人がケーキ屋をはじめたらしくてな」

「ケーキ屋さん? なんていうお店やの?」

「なんやったかな。ピザとか、リャマとか、そんな感じの名前やったわ」

言いながら、佐伯は財布を持ってくる。以前、ヴィンセントからもらったショップカードが入っていた。

「これや」

「あら、素敵なお店」

洒落《しゃれ》たデザインのショップカードを見て、妻は声を弾《はず》ませる。

「ジョゼ？　なあに、あなたが言った名前と全然ちゃうやないの」

笑いながら、妻はショップカードを佐伯に返した。

「持ち帰りのケーキ屋さんやなくて、カフェなんやね。西陣《にしじん》のほうなんやったら、今日は終《しま》い天神やし、早めに行って、天神さんにも寄りましょか」

「ああ」

「お昼はうちで食べてから行くんでしょう？」

「そやな」

「おうどんにするつもりやけど」

「うん」

妻が鼻歌まじりに洗濯物を干したり、部屋に掃除機をかけたりしている音を聞きながら、佐伯は爪を切ったり、寝そべってテレビをながめたりする。

仕事のときには細かな作業に集中している反動か、休みの日はのんべんだらりと過ごすことが多い。

妻が家事をしている気配を感じながら、うたた寝をしていると、穏やかな幸福感に満たされる。

しかし、それは妻の犠牲や忍耐の上に成り立っているものなのかもしれないのだった。

料理教室での会話が、魚の小骨のように心の片隅に刺さっていた。

主婦の大変さをわかってほしい、か……。

いまどきの夫婦なら、家事を分担するのも当たり前のことなのだろう。

しかし、いまさら、わざわざ手伝おうとするのも照れくさい話だ。なにをどう手伝えばいいのかもわからない。

そもそも、妻は自分の手伝いなど、必要としているように思えなかった。

結局、佐伯は妻に声をかけることなく、うたた寝をつづけた。

のんびりと休日を満喫していると、いつのまにか、昼食ができあがっていた。

湯気の立つうどんを向かい合ってすすったあと、外出の用意をする。

佐伯はコートを着るだけなので、ほとんど時間がかからないが、妻の支度にずいぶんと待たされる。

化粧をして、髪を結って、桔梗《ききょう》色の小紋を着た妻が、ようやく二階から降りてきた。

「お日さんは出てはるけど、風が強いて言うてたから、こっちのほうがいいかしら」

妻は薄手のマフラーと厚手のショールを持って、鏡の前で立ち止まる。しばらく思案したあと、薄墨色をしたカシミアのショールを選んで、ふんわりと羽織《はお》った。

「あなたが休みの日に出かけようて言いだすなんて、雨でも降らへんかったらええけど」

妻は笑いながらそう言って、青空を見あげた。

市バスに乗って、北野《きたの》天満宮《てんまんぐう》前で降りる。

日曜日ということもあって、境内はにぎわっていた。

参道の両脇には所狭しと縁日の屋台が立ち並び、たくさんのひとでごった返している。

「ほんま、一年が経《た》つの、早いわあ」

はぐれないよう佐伯に寄り添いながら、妻はしみじみとつぶやいた。

北野天満宮では毎月二十五日に市が立つのだが、特に十二月二十五日は「終い天神」と呼ばれ、しめ飾りや荒巻き鮭《じゃけ》、餅花《もちばな》などの正月用品を扱う露店が並んで、年の瀬を感じさせる雰囲気だ。

「まずはお参りするでしょう?」

「ああ」

「いやぁ、こっちもえらいひとやわ」

本殿への長い行列を見て、妻が眉根を寄せる。しかし、天神さんに手を合わせずに、露店だけをのぞくというわけにもいかない。佐伯たちも並んで、どうにか参拝を済ませた。

「蕎麦猪口《そばちょこ》のええのんがあったらうれしいな」

妻は浮き浮きとした足取りで、人混みのなかを進んでいく。

「それと、七味も買《こ》うて帰りましょ」

りんご飴《あめ》、焼きそば、カルメラ焼き、京漬物、こんにゃく、ベビーカステラ……。食べ物の屋台の前を通りすぎるが、特になにかを買うことはない。子供たちが幼いころにはいろいろとねだられたものだが、佐伯は歩きながら食べるという行為に抵抗があった。

植木や花、盆栽などの露店も出ているが、妻が興味を惹《ひ》かれるのはやはり生活雑貨や茶道具、着物がずらりと並んでいるところのようだ。

妻は山積みになった着物や帯、端切《はぎ》れなどをながめていたが、三枚でいくらというまとめ売りのものではなく、畳紙《たとうがみ》に包まれたものを手に取った。

畳紙にはちいさな円形の窓があり、上品な薄紅梅色の絹がのぞいていた。

「わあ、ええお色」

畳紙を開くと、高級感のある地紋の艶《あで》やかな綸子《りんず》で、落ちついた光沢の具合がいかにも妻好みだった。

「奥さん、それは値打ちもんやで」

低い椅子《いす》に腰かけた店主が、声をかけてくる。

「吊《つ》るしの銘仙《めいせん》やらは若い子向けやけど、そういうほんまもんこそ、奥さんみたいなひとに使《つこ》うてほしいわ」

「でも、こっちの帯も素敵やし……」

素朴《そぼく》な風合いの紬《つむぎ》帯も、妻のお眼鏡《めがね》に適ったらしい。

「どうしよう……。おっちゃんとこ、ほんま、ええもんばっかりやから、迷うわぁ」

ゆったりとした口調で言って、妻は着物と帯を見比べる。

「どっちにしよかな……」

すると、焦《じ》れたように店主が口を開いた。

「両方、いっとき。合わせて、これで、ええわ」

店主は人差し指を一本、差しだしてみせる。

「おおきに」

妻はにっこりと笑みを浮かべて、代金を支払った。

人当たりのいい妻は、どこでも自力でやっていけるだろう。

そんな考えが頭に浮かんで、佐伯は愕然《がくぜん》とする。

これまで、妻がひとりで生きていくことなど、想像もしたことがなかった。

妻は自分のそばにいて、毎日、食事を作ってくれるのが、当たり前だと思っていた。

だが、もし……。

万が一の可能性として、妻が離婚を切りだしてきたら、どうすればいいのか。

自由になりたいと、本人が望むのなら……。

そういう場合には、これまでこんな自分に尽くしてくれたのだから、うだうだ言わずに潔く認めることが男の器量かもしれない。

妻と別れることなど、考えたくもなかったが……。

それからも、妻はあちこちの露店でしゃがみこみ、桐箱《きりばこ》入りの漆器、乳白色のガラス器、伝統的な図案が描かれた豆皿など、気に入ったものを次々に手に取っていく。

「大漁大漁。出遅れたわりには、ええもん、いっぱいあったわ」

「ようけ買うたな」

佐伯は言いながら、妻の持っている紙袋へと手を伸ばした。

「なんや、今日は妙に優しいんやね」

おどけたような口調で言って、妻は紙袋を提げた佐伯をじっと見つめる。

「……あなた、気づいてはるの？」

「なにがや？」

怪訝《けげん》な顔で、佐伯は首をかしげた。

「ううん、なんでもない」

ひらりと身をひるがえして、妻は歩きだした。

眉間に皺《しわ》を寄せたまま、佐伯もあとにつづく。

露店からはみだすようにして、無造作に置かれていた甲冑《かっちゅう》に、佐伯は目を留めた。

その露店は金工品を扱っているようで、刀剣に印籠《いんろう》、鉄瓶に火鉢なども置かれている。

重厚さを漂わせた甲冑は、鎌倉時代のものであろう。江戸に入ると加飾性が増して、美意識が強調されるようになる。

そんなことを考えながら、甲冑を鑑賞して、ふとかたわらを見ると、妻のすがたがなかった。

あわててあたりを見まわすが、ひしめきあっている人々に阻まれ、捜すことすらままならない。

先に進んだのだろうか？　それとも、置いてきてしまったのか……。

どちらに行こうかと逡巡《しゅんじゅん》していると、桔梗色の着物が、視界に入った。

人混みをかきわけ、佐伯は妻に近づいていく。

「どこ行っとったんや」

自分でも思いがけないほど不機嫌な声が出た。

「ごめんごめん。七味を忘れてたから、あっちのお店で買うてきたんよ」

あっけらかんとした口調で、妻は答える。

「ええ時間やね。そろそろお店に向かわんと」

またはぐれられては困るので、妻の手をつかんで、佐伯は歩きだした。

「ふふ、なんやデートみたいやね」

満更でもなさそうに、妻はつぶやいた。

境内を出ると、ショップカードの裏側に記載された地図を頼りに、ヴィンセントの店へと向かった。それほど距離がないので、バスを待つよりも、歩いたほうが早そうだ。

しばらく行くと、古い建物が残っている一画に辿《たど》り着いた。

「ああ、ここやな」

遠目からも、そこが洋菓子を扱っている店だということが、なんとなく伝わってきた。

昔ながらの町屋を改装したカフェの前にはオリーブの鉢植えが並び、庭もどこか南仏を思わせるような緑であふれている。

つる草で飾られた鉄製の看板に『Josée』という表記を見つけ、入っていこうとしたのだが、佐伯は途中で立ちどまる。

入り口の扉に貼られた紙には「本日、予約のお客様で満席でございます」と書かれていたのだ。

「あらまあ。せっかく来たのに」

妻も貼り紙に気づいて、残念そうな声をあげた。

窓ガラスの向こうでは、たくさんの女性客がケーキの皿を前にして、幸せそうな表情を浮かべている。

ヴィンセントが忙しそうに働いているすがたも、ちらりと垣間《かいま》見ることができた。

「あのひとが、料理教室で知り合ったっていうパティシエさん？」

「ああ、そうや」

「かっこいいわねえ。映画俳優みたい」

ヴィンセントは仕事に集中しており、こちらに気づく様子はない。

料理教室で軽口を叩いているときとはちがって、真剣な顔つきだ。

「よう考えたら、クリスマスやもんね」

軽く肩をすくめて、妻は言った。

「ケーキ屋さんが混むんは当然やわ。また来させてもらいましょう。今度はちゃんと予約して」

「そやな」

ケーキを味わうことはできなかったが、ヴィンセントの店が繁盛していることがわかっただけで、佐伯としては満足だった。

料理教室が縁となって、ヴィンセントは智久に店の改装の仕事を依頼した。ヴィンセントが自分の店にどれだけの夢と情熱をかけているのかも、智久がどれほどひたむきに仕事に打ちこんでいたのかも、毎週、料理教室で顔を合わせるたびに自然と伝わってきた。途中にはトラブルに見舞われたらしいが、どうにかオープンにこぎつけることができたようだ。そのいきさつを聞いていたので、こうして店がうまくいっている様子を目の当たりにして、佐伯は自分のことのようにうれしかった。

「帰るか」

「ええ。寒なってきたし。私、なんや疲れてもうて」

カシミアのショールを巻き直しながら、妻は軽く息を吐く。

体が冷えているせいか、いつも以上に肌が白く見えた。

バス停は店のすぐそばにあった。

並んでバスを待つあいだ、妻は無口だった。

日が傾くと、あたりにじんわりと闇《やみ》と冷気が広がってきた。

到着したバスに乗りこむと、佐伯は言った。

「夕飯、俺が作ったるわ」

「なんで？」

妻は驚いたような顔で、佐伯を見あげた。

「いきなりそんなこと言うなんて、どうしたん？」

「しんどいんやったら、休んどいたほうがええ」

「ほんまに？」

「ああ、任せとけ」

「まあ、頼もしいこと」

妻は笑いながら、佐伯の顔をのぞきこんだ。

「ほな、お手《て》並み拝見といこうかな」

バスが停まり、座席がひとつ空く。妻を座らせ、佐伯は吊り革をつかむ。クリスマスだけあって、通りすぎる景色はイルミネーションが輝き、いつもよりも明るかった。

バスに揺られているあいだ、妻はうとうとしていたが、ほどなく家に近い停留所に着いた。

「降りるぞ」

妻に声をかけて、共にバスを降りる。

「うちになんか材料あるんか？」

佐伯は歩きながら、妻に問いかける。

「シチューでも作ろう思うてたから、なんなとあるけど」

「そんなら買いもんは行かんでもええな」

家に帰りつくと、佐伯はさっそく、冷蔵庫を開けた。

人参に、大根、ごぼうか。根菜ばっかりやな……。なんや、これ？　こんにゃくか。

あとは、油揚げと……。お、酒粕《さけかす》がある。

よし、このあいだ料理教室で習った粕汁を作ってみるか。

食材を確認しながら、頭のなかで献立を組み立てる。

妻に手料理を振る舞うのは、はじめてのことだ。

いくら料理教室に通うようになったといっても、妻はおそらく、これまでなにもしてこなかった夫にたいしたものは作れまいと思っているだろう。

ここはひとつ、期待以上のものを作って、あっと驚かせたろやないか。

そんな挑戦心とも悪戯心《いたずらごころ》ともつかない気持ちが、佐伯の胸にむくむくと湧きあがってくる。

食材をすべて取りだすと、ダイニングテーブルの上に並べた。まずはごぼうをたわしでこすり、ささがきにする。人参や大根も切って、鍋に入れていく。

妻が作る粕汁は、紅鮭や豚肉が入っていた。だが、愛子先生のレシピでは動物性の素材を使わず、油揚げのコクだけで、野菜の味わいを活かす。いつもの粕汁もいいが、疲れているときには愛子先生直伝の粕汁が胃にも優しそうだ。

酒粕を入れたあとは、煮立たせて風味を殺さないよう、火加減に注意する。

そのとき、背後で食器の割れるような音が響いた。

驚いて振り返ると、食器棚の前で、妻が倒れていた。

「だいじょうぶか⁉」

菜箸を握ったまま、佐伯は妻のそばへと駆け寄る。

「おいっ！　どうしたんや！」

肩を揺すってみるが、妻はぐったりとしたまま、目を開けない。

焦げくさいにおいが漂ってきた。

火をつけっぱなしにしていたことに気づき、佐伯は急いでガスの火を消すと、再び、妻のところへと戻った。

「しっかりしろ！」

妻の身を起こすように、抱きかかえる。

その口からは、わずかにあたたかな息がもれていた。

呼吸はしている。

意識を失っているだけだ。

「おいっ、歌子！」

しかし、名を呼びかけても、妻は答えない。

そうや、救急車を……。

震える指で、佐伯は電話をかける。

もどかしい気持ちで、オペレーターと会話をする。

「歌子！　聞こえへんのか？　歌子！　歌子！」

救急車が来るまでのあいだ、佐伯は何度も妻の名を呼びつづけた。

4

ようやく救急車がやって来て、家の前に停まり、救急隊員たちが降りてくる。

ストレッチャーに乗せられ、救急車のなかへと運ばれると、妻はうっすらと目を開けた。

「気ぃついたか？　だいじょうぶか？」

横たわったまま、妻は恥ずかしそうな表情を浮かべた。

「いややわぁ……救急車……なんて……大げさ……な……」

「そんなん言うてる場合か！」

妻が意識を取り戻したことで、佐伯は安堵《あんど》のあまり、つい大声を出してしまった。

「たぶん、貧血やし……」

それから、救急隊員のほうに顔を向けて、妻は伝えた。

「筋腫で、お医者様にかかっていて……」

医者？　筋腫？

なんのことを言っているのか、佐伯にはまったく理解できなかった。

妻の腕に血圧を測る器具を装着しながら、救急隊員がうなずく。

「子宮筋腫ですね？　出血はありますか？」

その問いかけに、妻が「はい」と答えたので、佐伯は驚きに目を見開く。

妻の外見には怪我《けが》などは見当たらず、出血しているようには思えなかった。

戸惑っている佐伯には構わず、救急隊員は妻にたずねる。

「下腹部の痛みはどうですか？」

「いえ、そんなには……」

「搬送先を探しますが、かかりつけの病院があるなら、まずはそちらに問い合わせてみましょうか？」

「はい、お願いします」

妻と救急隊員のやりとりを、佐伯は信じられない気持ちで聞いていた。

どういうことや？

お医者様ってなんの話や……。

病院の名を告げると、妻はまた目を閉じた。

苦しげな顔は蠟《ろう》のように白く、くちびるも紫色になっている。

佐伯は声をかけたかったが、話すことで体力を使わせるのもよくないような気がして、黙っていた。

呼吸に合わせて胸が動いているのが見え、救急車に備えられた計器類でも、妻の心拍を確認することができた。

サイレンを鳴り響かせて、救急車が発進する。

狭い救急車のなかで、佐伯はずっと妻を見つめていた。少しでも目を離すと、どこかに行ってしまいそうだった。

病院に着くと、妻はストレッチャーに乗せられたまま、廊下の奥へと運ばれていった。

「付き添いの方は、こちらで……」

そう指示され、佐伯は待合室のベンチに腰かける。

なにもしないでただ待っていると、時間の進みが遅く感じられた。

壁にかかっている時計を何度も見あげては、佐伯はため息をつく。

しばらくすると、看護師が近づいてきたので、佐伯はあわてて立ちあがった。

「妻は？」

「いま、検査中です。入院となりますので、ご主人は一度、家に戻られて、ご用意を持ってきてください。こちらが入院の手続きに必要なものとなります」

早口で言って書類を渡すと、看護師はすぐに立ち去った。

佐伯はひとり、タクシーで家まで帰った。

妻のいる病院から離れるのは不安だったが、とりあえずやるべきことがあると気が紛れた。

家のなかは、妻が倒れたときのままになっていた。床には割れた食器のかけらが散らばり、鍋には作りかけの粕汁が放置されている。

妻の不在を強く感じて、こみあげてくるものがあったが、いまは思い悩んでいる場合ではなかった。

入院の手引きに従って、持っていくものを用意する。

保険証、診察券、印鑑……。印鑑のありかはすぐにわかったが、ほかのふたつは保管場所がわからない。電話を置いてある棚のひきだしなどを探してみたが、あるのはポイントカードや割引券などばかりで、肝心なものは見つけられなかった。

診察券は家族の分をすべて、妻が管理していた。佐伯が週末に整骨院に行きたいなどと言えば、妻がどこからともなく診察券を持ってきてくれたのだ。

診察券だけではない。下着やタオル類を仕舞っている場所も、よくわからなかった。

結婚当初から、風呂あがりには妻が着替えとタオルを脱衣所に用意しているのが、習慣となっていた。

家のことは妻に任せていればいい、と思っていた。

こんなふうに妻の入院の用意をすることになるなんて、想像すらしなかった。

寝室を探してみようと二階にあがると、ベランダに洗濯物が干しっぱなしになっているのが目に入った。妻の下着やタオルもある。洗ったばかりのものなら、ちょうどいい。

佐伯はそれらを取り入れて、適当に畳むと、紙袋に入れていった。

それから洗面所に行って、歯ブラシに歯磨《はみが》き粉、石鹸《せっけん》、コップを用意すると、玄関にあったスリッパも紙袋へと入れる。結局、保険証などは見つからなかったが、妻がいつも使っている市松模様の鞄《かばん》があるのに気づき、それも持っていくことにした。

もうバスがない時間なので、タクシーを呼んで、再び病院まで向かう。

正面玄関は施錠《せじょう》されており、休日夜間用と書かれた入り口から、薄暗い病院内へと入った。受付で問い合わせると、同意書を提出したり、入院費用の一部を渡したりといったやりとりを経て、婦人科のナースステーションへ行くよう案内された。ナースステーションの前でしばらく待たされたあと、ようやく病室に連れて行かれ、妻と面会することが叶った。

個室のベッドで、妻は病院の寝衣を着て、点滴を打たれていた。

「いろいろ持ってきてくれたんやね。ありがとう」

妻はゆっくり上半身を起こすと、佐伯から荷物を受け取る。

先ほどに比べると、顔色はよくなっているように思えた。

「具合はどうなんや？」

「点滴してもらったら、だいぶ、楽になったわ」

「どういうことなんや。医者にかかってるって……」

ベッドの横の椅子に腰かけて、佐伯は言う。

「そんな話、なんも聞いてへんで」

すると、妻は特に表情を変える様子もなく答えた。

「子宮に筋腫ができてるいうんで、検査に通ってたんよ」

「いつからや？」

「もう一年くらい前やったかな。市の健診を受けてみたら、再検査やいうんで、お医者さんに行くことになって……」

「なんで、そんな大事なこと、いままで黙ってたんや！」

思いがけない事実を知らされ、佐伯はまず怒りを感じた。

妻に対する怒りというよりも、自己嫌悪に近い。

共に暮らしているのに、妻が病気であることにも気づかなかったとは……。

「婦人科のことやし、あなたに言うてもしゃあないと思って」

そう言われると、佐伯に返す言葉はなかった。

たしかに、もし、相談をされていたとしても、自分にできることがあったとは思えない。

「そんで、医者はなんて言うてるんや？」

「今日は出血がひどかったから……。場合によっては、摘出ということも考えんとあかんみたい」

落ちついた口調で言う妻とは対照的に、佐伯は動揺を隠し切れない。

「手術ってことか？」

「開腹か、内視鏡みたいやね。くわしい検査結果が出てからのことやけど」

「命が助かるんやったら、なんでもええ。手術さえしたら、治るんやな？」

佐伯は念を押すが、妻は首を縦に動かさなかった。

「どうなんやろねえ。治ったらええけど」

「なんや、それ！　治るやろ！　絶対に治るはずや！」

必死で言う佐伯を見て、妻は困ったように笑った。

「あなたがそんなふうに心配するやろうと思ったから、言わへんかったんよ」

「そんなもん、心配するに決まってるやろ」

佐伯はまだ、妻の病気という事実を受け止められずにいた。

自分でも情けないと思うが、うろたえてしまって、冷静になれない。

「どうしたらええんや？　いつくらいに退院できるんや？」

「それも検査の結果次第やと思うけど……。ごめんなさいね。迷惑かけちゃって」

「謝ることやないやろ。主治医はどこなんや？　話を聞いてくる」

立ちあがった佐伯に、妻は首を横に振る。

「今日は主治医の先生はいてはれへんから。明日、検査の結果と合わせて、これからのことを考えましょうって」

「そうなんか……」

再び、椅子に腰かけて、佐伯は妻を見つめた。

「なんか、できることがあったら、言うてくれ」

「うーん。あ、そうや、寝室のクローゼットにクリーム色のボストンバッグがあるから、明日、それを持ってきてくれはる？」

妻に言われて、佐伯もあのボストンバッグの存在を思いだした。

「あのバッグか」

佐伯がつぶやくと、妻は小首をかしげた。

「ボストンバッグのこと、知ってたん？」

「ああ」

「ほな、最初っから、あっちを持ってきてくれはったらよかったのに」

「え？　なんでや」

「あのなかに、ちゃんと入院の準備がしてあったんよ」

「そうか、あのバッグはそのためやったんか」

「うん？　なんやと思ってたの？」

「いや、てっきり、家を出て行くつもりなんかと……」

佐伯がそんな言葉をもらすと、妻は目をぱちくりさせたあと、笑い声をあげた。

「なあに、そんなこと、考えてはったん？　なんで？　身に覚えでもあるの？」

「いやいや、ちゃうんや。料理教室の子がな、熟年離婚の話なんかしとったから……。子供らが出て行ったあとに、いきなり旦那を料理教室に通わせるのは、そういう魂胆《こんたん》があるんちゃうかって」

「そうなんや、なるほどねえ」

納得したようにつぶやくと、妻は顔をあげて、佐伯を見た。

「もし、ほんまに離婚するつもりやったら、わざわざ料理教室に通わせるなんて、親切なことしいひんよ」

やわらかな口調で言うと、妻はにっこりと笑う。

「なあんにもでけへんまんまで家を出て、せいぜい困ってもらわんと」

その笑顔を見て、佐伯は背筋がぞくりとした。

「でも、そんなら、なんで……」

「わからへんの?」

「ああ」

「私がおらへんようになったあとも、あなたがちゃんと生きていけるようにするために決まってるやないの」

さも当然という口調で言われ、佐伯は絶句した。

「病院で検査をしましょうと言われたあと、私、反省したんよ。うちの旦那さんを甘やかしすぎたなあと思うて。家族を支えるのが私の役割やという気持ちから、あれこれなんでもやってあげていたけれど、そのせいで、私がおらへんかったらあかんようにしてしもうた」

「なんや、それ……」

「結婚の話が出たとき、私ね、尽くしがいのあるひとがええなあと思うてたの。そんで、あなたと会うことになったとき、うちの父は保証してくれたんよ。おまえの婿になる男は、職人として最良の資質を持っとる。家庭を持てば、脇目もふらず仕事に打ちこむやろうって。父が見込んだとおり、仕事一筋で、立派な職人さんになってくれはって、家のことはなんもせえへんひとやけど、かえって、世話焼けることがうれしくて……」

妻はどこまでも優しい目をして、佐伯を見つめた。

「でも、私がそんなふうにしてしもうたから、ひとりになったら絶対に困りはるやろ。子供らも出て行って、面倒見てくれるようなお嫁さんもおらへんし。そやから、私に万が一のことがあっても、せめて毎日のご飯だけは心配ないようにと思うて、料理教室に通うてもらうことにしたんです」

「アホなこと言うな。万が一のことやなんて……」

妻が離婚を考えていたわけではないと判明して、佐伯は自分でも滑稽《こっけい》だと思うほど、ほっとしていた。

心変わりをしたわけではなかった。

そこで、ようやく、気づく。

愛子先生が言っていたこと。

相手を思いやる気持ちが、味につながる。

いつもとおなじように、妻は家族のことを考えて、毎日、料理を作ってくれていた。

当たり前すぎて、それが変化していない、ということにすら、気づかなかった。

妻の料理にこめられていた気持ちは、なにも変わっていない、ということだったのだ。

「そんなら、おせちのことはどうなんや？」

佐伯がふと心に浮かんだ疑問を口にすると、妻は小首をかしげた。

「おせち？」

「今度から、もう作らんで、買うとかいう話をしてたやないか」

「ああ、あれは百貨店のおせち料理ってどんなんか興味あったから、一回くらいは買うてみてもええかなと思ったんやけど。それも気にしてはったん？　いつものがええんやったら、もちろん、作りますから」

あっさりとそう言われ、拍子抜けする。

「それにね、料理教室に通うてもらうことにしたのには、もうひとつ、理由があるんよ」

妻はそう言って、佐伯を見つめた。

「男のひとって、なかなか新しい人間関係とか、友達とかよう作りはれへんでしょう？　通う場所があれば、ひとりになったときにも、孤立せえへんかと思うて」

その言葉に、佐伯は胸にこみあげてくるものを感じた。

そんなことまで、考えてくれていたとは……。

目頭が熱くなったので、顔をしかめて、うつむく。

「でも、惜しかったな」

しばらくの沈黙のあと、妻がぽつりと言った。

「あなたが作った料理、食べてみたかったのに」

「そんなもん、家に帰ったら、なんぼでも作ったる」

佐伯は顔をあげて、ふたたび妻のほうを見た。

「ほんま？」

「ああ、約束や。だから、絶対に元気になって、はよ退院するんや」

「なに作ってくれはるんやろ、楽しみやわ」

そう言うと、妻はベッドに身を横たえた。

「歌子」

名前を呼ぶと、妻は顔だけをこちらに向けた。

「なあに？」

呼びかけたものの、なんと声をかけていいかわからず、佐伯は口ごもる。

すると、妻はふっと微笑みを浮かべた。

「おやすみ、あなた」

「ああ」

病室を出て、廊下を歩きながら、佐伯は頭のなかで、献立を考える。

退院祝いには、妻の好物ばかりを作ろう。たしか、鉄分を補給するためには、レバーやほうれん草がいいはずだ。愛子先生に効果的なレシピを訊いてみよう。

思い悩むかわりに、ひたすら料理のことを考えた。

料理教室に通っていてよかった、と心から思った。

家のことはほとんど妻に任せきりだったが、少なくとも料理はできる。いくらかは妻の支えになれるだろう。

まだ間に合うはずだ。まだ手遅れじゃない。

言い聞かせるように、心のなかでつぶやく。

これから先も、愛子先生から教わった料理をたくさん作るのだ。

ふたりで食べるために——。

第四話　日常茶飯

終章

夢のなかでは、二度と会えないはずのひとにも会うことができる。

その夜、愛子先生は夢を見ていた。

遠い日のできごと。

子供時代を過ごした懐かしい家。

おくどさんのある土間に立って、ひとりの男性を見つめている。

そのひとは、料理を行うときには必ず、清潔な白衣に着替え、前掛けを締めた。二枚歯の高下駄を履いていたので、そのひとが歩くときだけ、独特の足音が響いた。

板前さん、と呼んでいた。

道楽者で食通だった父親が、ある夜、連れて帰ってきた青年だった。

料理修業のため、津々浦々を渡り歩く。

それは地主の娘として過保護に育てられていた身にとっては、想像もつかない生き方だった。

薄刃包丁、出刃包丁、刺身包丁、それから、骨切り包丁。

四本の包丁だけが、そのひとの旅の道連れだった。

それらの包丁をなによりも大事にしており、丹念に研いでいた。使い込まれた包丁はどれも凜々しくて、まるでそのひと自身のようだった。

ひとりきりで旅をするなんて、さみしくはないのだろうか。

そんなことを訊《き》いてみたことがあった。

しかし、そのひとは孤独を感じたことはないと笑っていた。

——おいしいものには、ひとを引き寄せる力がありますから。

どんな場所でも、どんな相手をも、幸せにする力を、そのひとは持っていた。

左手には切り傷の痕《あと》がいくつも残っており、そのうっすらと白い線のような傷痕を見るたびに、指先でなでてみたい衝動に駆られた。

そのひとの包丁さばきには、優美さが漂っていた。

包丁の背に添わせたひとさし指のたわやかさ、流れるような手の動き、銀色の刃をきらめかせて施されていく見事な細工。かぶで菊花を作り、人参の蝶《ちょう》を羽ばたかせ、かまぼこの鶴《つる》を舞わせた。

能や舞を鑑賞するのにも似た心持ちで、そのひとの手が作りだすものを見つめ、感嘆の息をもらしたものだ。

――やってみますか？

あまりに熱心に見つめていたせいか、そのひとはふっと笑って、包丁を貸してくれた。おなじ包丁を使ったのに、そのひとの飾り切りとは似ても似つかぬ仕上がりだった。

それから、こっそりと料理の手ほどきを受けるようになった。

さまざまな調理器具の扱い方、野菜や魚の鮮度を見極めるコツ、これまで聞いたこともなかったような食材やレシピの数々……。

教えてくれるひとに惹《ひ》かれて、料理に夢中になったのか。料理の奥深さに魅せられて、そのひとに憧《あこが》れるようになったのか。どちらが先であったのかは定かでない。そのふたつは分かち難《がた》いものとして、記憶のなかで結びついていた。

ある日、土間に桶《おけ》が置かれていた。

水が張ってあり、ぬめぬめとした細長いものが身をくねらせている。ハモだった。

ハモは獰猛《どうもう》な顔つきをしていた。

顎《あご》には鋭い歯が並び、光沢のある胴体は茶褐色で弾力に満ちており、腹部だけが白い。

これまで一度も、ハモを食べたことはなかった。

母親が、鰻《うなぎ》やどじょうの類《たぐい》は蛇に似ていると気持ち悪がって、決して食卓にはのぼらなかったのだ。

そのハモは、父親が酒宴の席で客人をもてなすために用意したものだった。ほかの家族の口には入らない予定であった。

そのひとの手が、ハモをつかんだ。

まず首の骨を折って、しめる。それから、腹を裂《さ》く。

そのひとの包丁さばきを見逃したくなくて、瞬《まばた》きもせずに凝視していた。

まな板の上でぴくぴくと身を震わせていたハモは、包丁を差しこまれ、開かれていく。

その包丁の動きは、あざやかの一言だった。

いつもより荒々しい動きで、そのひとはまな板の上のハモを切った。皮は切らず、すんでのところで包丁を止め、骨と身だけを断ち切る。小気味よい音が響く。細かな骨が次々と断ち切られる音に、耳を澄ませていると、心がどうしようもなくざわめいた。

グロテスクですらあったすがたが、あっというまに変化していく。

土鍋を用意すると、そのひとは松茸《まったけ》を薄切りにして、出汁《だし》にくぐらせた。

それから、ハモを入れる。

火を通され、氷水に落とされ、花が咲いたような真っ白な身。

ふいに、そのひとが振り返った。

――味見しますか？

ハモの身の切れ端《はし》をつまみあげ、そのひとは問うた。

まなざしに共犯者めいた笑みが浮かんでいた。

うなずくと、そのひとはハモを口に入れてくれた。

ハモといっしょに、一瞬だけ、そのひとの指がくちびるにふれた。

ほんのりと松茸が香ったあと、じんわりと滋味が広がる。

不思議な味わいだった。

外見からは、まったく想像できない味だった。

淡泊だが、噛《か》むほどにうまみが染みでて、強い生命力を感じさせた。

見た目で敬遠して、食わず嫌いのままでいたら、この味を知ることはできなかっただろう。

そのひとのそばにいると、すべての感覚が鋭敏になるようだった。

胸が苦しくて、それなのに、ずっと見つめていたくて……。

やがて、夢の時間は終わり、夜が明ける。

布団のなかで、愛子先生はゆるやかに目を覚ました。

あのひとの夢の名残《なごり》で、甘酸っぱいような気持ちが胸に広がっていた。

長い年月を生きるうちに、さまざまなことがあった。

時間は流れ過ぎ去っても、忘れ得ぬできごとは記憶のなかで輝きつづけている。

一度だけ、ふたりで出かけたことがあった。すり鉢を買うため、調理器具を扱う専門店ばかりが集まった商店街に連れて行ってもらったのだ。飲食店で使われる看板やちょうちん、業務用の厨房《ちゆうぼう》道具、食品サンプルなど、めずらしいものが並んでいて、歩いているだけで楽しかった。おしどりをモチーフにした箸置《はしお》きを見つけたのも、そのときだった。ふたつ一組の仲睦まじげな箸置きをながめて、それをふたりで使う暮らしというものを想像してみたりしたのだが、購入することはなかった。

交わした言葉は少なくとも、料理を通じて、気持ちは伝わった。

ふたりのあいだには、特別な空気が流れるようになっていた。

——あなたといっしょに、私も行きたい。

もし、思いきって、気持ちを伝えていたら、自分の人生はどんなものになっていたのだろう。

ひととの出会い、縁《えん》というものについて考えるたび、あのひとのそばで過ごした日々を思いだす。

結局、なにも言えなかった。

行き先も告げず、突然、あのひとはすがたを消した。

悲しみに打ちひしがれながらも、教わった料理を順番にすべて作っていった。

料理だけが、ふたりをつなぐものだった。

とてもつらくて、胸が張り裂けそうだったのに、おいしい料理を食べているうちに、再び、笑えるようになっていた。あのひとがいなくなったあとも、あのひとが残してくれたものが、幸せな気持ちにしてくれたのだ。

女学校を卒業したあと、縁談が持ちこまれた。

文句のつけようのない家柄の相手だった。

嫁ぎ先では、せっかく身につけた料理を披露する機会を得られなかった。しゃもじを握って、采配《さいはい》を振るうのは姑《しゅうとめ》であった。日々の献立も、朔日《ついたち》にはあずきご飯、八のつく日にはあらめと油揚げの炊いたん、際《きわ》の日にはおからなど、おきまり料理が定められていた。しかも、嫁ぎ先では手料理でのもてなしなど考えられないことだった。客人には名の通った店の仕出しを用意するのが礼儀だとされていた。

子供には恵まれなかった。なかなか跡継ぎができないので、離縁されても仕方がないと思っていたが、夫となったひとは無口ながらも鷹揚《おうよう》な人柄で、気にせえへんでええ、と言ってくれ、添い遂げることになった。料理にはあまり関心を示さなかったが、大好物の飛竜頭《ひりょうず》を手作りすると、とても喜んでくれた。庭いじりが好きで、秋の七草の名前を教えてくれたのも夫だった。

夫の妹夫婦と協議して、甥《おい》を養子として迎えることで、跡継ぎの問題を解決した。その甥も家庭を築き、生前に姑が望んでいたとおり、小石原《こいしはら》家の血は保たれ、家が絶える心配はなさそうだ。

小石原家に嫁いで、夫と過ごした人生に後悔はない。

夫に先立たれたときには、ぽっかりと胸に穴があいたような気分になった。

嫁としても妻としても、すっかり役目を終えたことに気づいたのだ。

残りの人生、どないしようか……と思ったとき、ふっと頭に浮かんだのが、料理教室だった。

自由の身になったいま、本当に好きだったことをしてみよう。

このまま自分が死んでしまえば、あのひとの思い出も消えてしまう。

あのひとから受け取ったものを、だれかに伝えたい……。

そんな思いから、料理教室をはじめることにしたのだった。

あのとき踏みだせなかった一歩。

自分の気持ちを、今度は隠さなかった。

人生の晩年になって、新たなる挑戦をすることにした。

しかし、実際に教室をはじめてみると、あのひとが作っていたものだけでなく、姑の嫌みに胃を痛めながら覚えた料理や、夫のお気に入りだった店の仕出しで食べたものなども、献立に組みこむことになった。これまでの人生において食べたものはすべて、自分の一部となっているのだと、つくづく実感した。

布団に横たわったまま、愛子先生は天井の梁《はり》をじっと見つめる。

これから、一日がはじまる。

今日もまた、料理の作り方を求めて、生徒たちがやって来る。

自分の教えた料理を、だれかが作ることで、命の営みがつながっていくのだ。

生きていること。空腹を感じること。料理を作ること。

そんな一日が、今日もまた、自分に与えられたことを感謝しながら、愛子先生はゆっくりと身を起こした。

あとがき

こんにちは、藤野《ふじの》恵美《めぐみ》です。

京都を舞台とした料理教室の物語、いかがでしたでしょうか。

文庫化に際しまして、あとがきをつけることになりましたので、この物語を書くことになった背景についてなど、記していこうと思います。

いまを遡《さかのぼ》ること十数年前、大学生だった私は、文芸学科というところで、日々、勉学に励んでおりました。物心つくころから本が好きで、自分でも創作をするようになり、いい作品を書くためにはどうすればいいのか、ということに関心があったのです。

そのころ愛読していた作家に開高健《かいこうたけし》というひとがいて、その著作『最後の晩餐《ばんさん》』に「食物と女が書けたら一人前」という言葉があり、真に受けた私は文章力を向上させるため、美術学科の子たちがデッサンをするような感覚で、料理の描写をしてみようと思いつきました。ちょうどインターネットが普及しはじめたころだったので、プログラム言語を覚えて、ホームページを作り、大阪のいろんな店を食べ歩いて、文章だけで紹介していくことにしたのです。

作家になるための文章修業の一環としてはじめた食べ歩きのホームページだったのですが、運営をつづけていると、思いもよらないことが起こりました。ホームページを見たひとから「うちにも原稿を書いてくれませんか」と仕事の依頼が来るようになったのです。そうして、学生時代からフードライターの仕事をするようになり、卒業後もそのままフリーランスとして飲食店の取材をつづけていました。

次から次へと新しい店を開拓するのは楽しく、さまざまな料理人の技に触れることができるのも刺激的で、ライターの仕事にはやりがいがあったのですが、しかし、次第になんとなくしっくりこないようになったのです。

そして、改めて思い知りました。

私が書きたいのは「物語」だ……。

そこで、初心に立ち返り、小説を書いて、応募したところ、縁《えん》あって、児童文学の賞をいただくことになり、いまに至ります。

実は、作家としてデビューが決まったとき、ライターとしても「辛口グルメ批評の本を出しませんか」という話がべつの出版社からありました。しかし、そのときの私は物語を書く作家として生きていくと決意していたので、そちらの企画は断ったのでした。

もし、作家になっていなければ、料理評論家という道を歩んでいたのかもしれないなと思うと、人生とは面白いものです。

そのような感じで、作家になる以前のあれやこれやがすべて、この『初恋料理教室』の執筆へと繋《つな》がっているような気がするのです。

ポプラ社の編集者から、連載の依頼を受けて、さて、どんな内容にしようか……と考えたとき、ふと浮かんだ言葉は「異世代交流」でした。児童文学の場合、感情移入しやすいように、主人公の年齢というものは読者層とおなじであることが多いのです。しかし、今回は一般文芸ですので、さまざまな年齢の人物を描けると思ったところ、二十代のミキ、三十代の智久《ともひさ》、四十代のヴィンセント、五十代の佐伯《さえき》という人物があらわれたのでした。いただいた感想では、読むひとの年齢や性別によって、それぞれのエピソードに対する反応が違っていたりして、とても興味深いです。

食と京都という大好きなものを詰めこんだ作品となりました。お気に召していただければ幸いです。巻末にはレシピもついておりますので、どうぞお役立てくださいませ。

巻末付録

「初恋料理教室」のレシピ

愛子先生の一言アドバイスつき

第一話の一皿
縁を結ぶもっちり生麩

第二話の一皿
頑なな心を溶かすデザート

第三話の一皿
幸せになるための精進料理

第四話の一皿
愛情尽くしの粕汁

※レシピはすべて2人分です。作中の作り方と若干違うところがありますが、どちらで作っても、おいしく出来上がります。

大根と鶏の炊いたん 生麩入り

●材料

・大根……1/2本
・お好みの生麩……1本
・鶏手羽元……2本
・出汁(昆布)…2と1/2カップ
・砂糖……適量
・酒……大さじ2
・生姜……1片
・醤油……大さじ1

●作り方

1、大根は2cm幅の輪切りにして面取りし、片面に隠し包丁を入れる。生麩は食べやすい厚さに切る。
2、鍋に油(分量外)を熱して鶏手羽元を入れ、転がすようにして全体に焼き目をつける。
3、2に大根を入れ、出汁を注いで火にかける。灰汁を取りながら、大根がほんのり透きとおってきたら、砂糖、酒、スライスした生姜を入れる。
4、煮汁が沸騰したら、醤油を入れる。落としぶたをして中火で20~30分煮こむ。
5、煮汁が半分になったら生麩を加えて煮含める。生麩がふっくらとしてきたら、火を止めて味を染みこませる。

愛子先生の一言アドバイス

煮汁はぐつぐつと煮立てないで、出汁が対流する程度の火加減で煮るんがコツです。

生麩のチーズ挟み揚げ

●材料

・お好みの生麩……1本
・味付け海苔……1袋
・とろけるチーズ……適量
・片栗粉……適量
・抹茶塩……適量

●作り方

1、生麩は2㎝幅に切り、まん中に切れ目を入れてとろけるチーズを挟む。
2、味付け海苔を巻き、片栗粉をまぶす。
3、フライパンにたっぷりの油(分量外)を入れて熱し、生麩を返しながらこんがりと揚げる。
4、器に盛りつけて、抹茶塩をそえる。

生麩田楽

●材料
・お好みの生麩……………1本
・柚子味噌……………適量

●作り方
1、生麩は1cm幅に切る。
2、グリルやコンロに網を置き、その上であぶって両面に焼き目をつける。
3、器に取って、柚子味噌を塗る。

愛子先生の一言アドバイス

フライパンにごま油をひいて両面を焼くと、香ばしくなります。田楽味噌、胡桃味噌など、いくつかそろえて食べるのも楽しいですね。

梅酒のお手軽ソルベ

●材料
・梅酒……………1／4カップ
・蜂蜜……………大さじ1〜2
・水………………1／2カップ
・ミントの葉……………適量

愛子先生の
一言アドバイス

ヴィンセントさんのような本格派はお店で味わっていただくとして、ご自宅でできる簡単レシピをご紹介します。ソルベはお好みによって、梅酒と水の分量を調整してくださいね。

●作り方
1、ボウルに梅酒と蜂蜜を入れてよく混ぜ、水を加える。
金属製のバットなどに流し入れて、冷凍庫で冷やす。
2、周囲が凍りだしたら、フォークなどで空気を入れるように混ぜて平らにならし、再び冷凍庫で冷やし固める。これを3〜4回繰り返す。
3、しゃりしゃりとしたみぞれ状に固まったら器に盛り、ミントの葉を飾る。

梅酒のお手軽サヴァラン

●材料

・ブリオッシュ(カステラでも可)……2個
・梅酒 ……………1/2~1カップ

愛子先生の一言アドバイス

ブリオッシュは二日ほどおいて乾燥させたものだと、よりおいしく仕上がります。

●作り方

1、市販のブリオッシュを横半分に切って、梅酒を染みこませ、冷蔵庫でしっかりと冷やす。
2、あれば生クリームやバニラアイスクリーム、フルーツなどをそえる。

甘酒のクレームブリュレ

●材料
・牛乳……………………1／4カップ
・甘酒………………………25 ml
・生クリーム………………75 ml
・バニラビーンズ……………1本
・卵黄……………………1個分
・グラニュー糖…………大さじ1
・ラム酒…………………大さじ1
・未精製の砂糖………………適量

愛子先生の一言アドバイス

バーナーがない場合は、オーブントースターなどで器の向きを変えながら表面を焦がして、焼き色をつけることもできますよ。

●作り方
1、鍋に牛乳、甘酒、生クリーム、しごきだしたバニラビーンズの種とさやを入れて、少し沸くまで温める。
2、ボウルに卵黄を入れてほぐし、グラニュー糖を加えて全体をすり混ぜる。
3、1を2のボウルに加えて溶きのばし、ラム酒を加えて混ぜたあと、バニラビーンズのさやを取り除く。
4、生地を裏ごししてココットなどの器に流し入れる。器を天板に並べて、ぬるま湯（分量外）を注ぐ。
5、180℃に予熱しておいたオーブンで、20分程度蒸し焼きにする。
6、粗熱が取れたら、冷蔵庫で1時間程度冷やす。
7、表面に未精製の砂糖を薄く均一にふりかけ、バーナーで焦げ目をつける。

胡麻豆腐

●材料

・白胡麻……………1／4カップ
・出汁（昆布）…………2カップ
・吉野本葛…………20g
・塩…………少々

●作り方

1、すり鉢に胡麻を入れ、練り胡麻のようにペースト状になるまで、すりこぎでする。
少々の出汁を加えながらよく混ぜて溶かし、ザルに布巾などを敷いてこす。

2、少々の出汁で溶いておいた葛と1を合わせ、鍋に入れる。
残りの出汁と塩を加えてしっかりと混ぜ、強火にかける。

3、しゃもじなどを使って、粘りが出るまで混ぜつづける。
葛が固まりはじめたら弱火にして、
鍋の底から混ぜるように練りながら、
全体が糊のようになるまで10〜20分程度加熱する。

4、水でぬらした平らな容器に流しこむ。
粗熱が取れたら、氷水で容器ごと冷やす。

愛子先生の一言アドバイス

胡麻豆腐は、焦げつかないようにしゃもじでしっかり混ぜましょう。

精進スープ

●材料

・切り干し大根 ……………… ひとつかみ
・干し椎茸 ……………………… 2枚
・クコの実 ……………………… 大さじ1
・生湯葉 ………………………… 適量
・昆布 …………………………… 適量
・水 ……………………………… 4カップ
・塩、こしょう ………………… 適宜

●作り方

1、鍋に具材を入れて火にかけ、一度沸騰させる。
　弱火で30分以上煮こむ。
2、ザルに布巾などを敷いて、スープをこす。
3、塩、こしょうでお好みの味に調整する。

愛子先生の
＼一言アドバイス／

スープをこしたあとの具材を細かく切り、醤油と砂糖で甘辛く煮つけて、佃煮風の常備菜にするんがおすすめです。

粕汁

●材料

・酒粕……………………100g
・出汁(昆布とかつお)…………4カップ
・大根…………1/4本(拍子木切り)
・人参…………1/2本(拍子木切り)
・ごぼう…………1/4本(ささがき)
・油揚げ(横半分に切ったあと、短冊切り)
……………………………1枚
・板こんにゃく……………1/2枚
・醬油……………大さじ1/2
・塩………………………少々
・味噌……………大さじ1/2
・ねぎ……………………適宜

●作り方

1、酒粕は細かくちぎり、出汁を少々加えてふやかし、のばしておく。
2、大根、人参、ごぼう、油揚げを熱湯でさっと茹で、ザルにあける。次に一口大に切ったこんにゃくを3分程下茹でする。
3、鍋に出汁を入れて醬油と塩で味をつけたあと、1と2を入れて、中火で煮る。
4、野菜がしんなりして、酒粕がしっかり溶けたら火を止めて、味噌を加え、味を調整する。お好みで、ねぎを散らす。

愛子先生の一言アドバイス

胃が疲れているときには、動物性タンパク質を使わなくてもコクが出せる油揚げがおすすめです。紅鮭や豚肉を入れる粕汁も、おいしいですよ。

参考文献

『おおきなかぶ』 A・トルストイ再話 内田莉莎子訳 佐藤忠良画 福音館書店
『火山のふもとで』 松家仁之著 新潮社
『五重塔』 幸田露伴著 岩波文庫（平成六年版）
『3びきのコブタ The Story Of The Three Little Pigs』
ジョセフ・ジェイコブス再話・英訳 梶山俊夫画 ラボ教育センター
『図書館のプロが教える〈調べるコツ〉 誰でも使えるレファレンス・サービス事例集』
浅野高史、かながわレファレンス探検隊著 柏書房
『建築MAP京都』 ギャラリー・間著 TOTO出版
『近代名建築京都写眞館』 福島明博著 日本機関紙出版センター
『京の大工棟梁と七人の職人衆』 笠井一子著 草思社
『「縁側」の思想 アメリカ人建築家の京町家への挑戦』 ジェフリー・ムーサス著 祥伝社
『よみがえる京町家くろちく』 黒竹節人著 光村推古書院
『京暮し』 大村しげ著 暮しの手帖社
『京のおばんざい』 大村しげ著 中央公論社
『京料理 七十二候』 飯田知史著 里文出版
『都と京』 酒井順子著 新潮文庫

『京町家・杉本家の味　京のおばんざいレシピ』杉本節子著　NHK出版
『京都のシェフにならう　お料理教室　ごはん・おやつ』行司千絵著　青幻舎
『そうだ、京都に住もう。』永江朗著　京阪神エルマガジン社
『東京育ちの京都案内』麻生圭子著　文藝春秋
『異装のセクシュアリティ〔新版〕』石井達朗著　新宿書房
『ベスト・エッセイ2010　この星の時間』日本文藝家協会編　光村図書出版
『菜菜ごはん　野菜・豆 etc. すべて植物性素材でつくるかんたん満足レシピ集』カノウユミコ著　柴田書店
『菜菜スイーツ　卵・乳製品・砂糖なし 野菜がお菓子に大変身』カノウユミコ著　柴田書店
『書物の王国14　美食』幸田露伴ほか　国書刊行会
『超絶技巧　美術館』山下裕二監修　美術手帖編集部著　美術出版社
『正阿弥勝義の世界』臼井洋輔著　日本文教出版

取材協力　あじき路地

本書は二〇一四年六月にポプラ社より刊行されました。

この物語はフィクションであり、実在する団体・人物とは一切関係がありません。

初恋料理教室

藤野恵美

2016年 10月 5日 第1刷発行

発行者 長谷川 均
発行所 株式会社ポプラ社
〒一六〇-八五六五 東京都新宿区大京町二二-一
電 話 〇三-三三五七-二二一二（営業）
〇三-三三五七-二三〇五（編集）
振 替 〇〇一四〇-三-一四九二七一
ホームページ http://www.poplar.co.jp/ippan/bunko/
フォーマットデザイン 緒方修一
組版・校閲 株式会社鷗来堂
印刷 岩城印刷株式会社
製本 大和製本株式会社

N.D.C.913/318p/15cm
ISBN978-4-591-15118-1
落丁・乱丁本は送料小社負担でお取り替えいたします。
小社製作部宛にご連絡ください。
製作部電話番号 〇一二〇-六六六-五五三
受付時間は、月〜金曜日、9時〜17時です（祝祭日は除く）。